大
方
sight

［英］苏菲·麦金托什 著
沈慧 译

Sophie Mackintosh

The Water Cure

水疗

中信出版集团｜北京

图书在版编目（CIP）数据

水疗 /（英）苏菲·麦金托什著；沈慧译 . —北京：中信出版社，2022.4
书名原文：The Water Cure
ISBN 978-7-5217-4068-4

I.①水… II.①苏…②沈… III.①长篇小说—英国—现代 IV.① I561.45

中国版本图书馆 CIP 数据核字（2022）第 037312 号

The Water Cure
© Sophie Mackintosh, 2018
Simplified Chinese translation copyright © 2022 by CITIC Press Corporation
ALL RIGHTS RESERVED
本书仅限中国大陆地区发行销售

水疗
著者：　　［英］苏菲·麦金托什
译者：　　沈慧
出版发行：中信出版集团股份有限公司
（北京市朝阳区惠新东街甲 4 号富盛大厦 2 座　邮编　100029）
承印者：　浙江新华数码印务有限公司

开本：880mm×1230mm 1/32　印张：9.5　字数：187 千字
版次：2022 年 4 月第 1 版　印次：2022 年 4 月第 1 次印刷
京权图字：01-2020-5174　书号：ISBN 978-7-5217-4068-4
定价：59.00 元

版权所有·侵权必究
如有印刷、装订问题，本公司负责调换。
服务热线：400-600-8099
投稿邮箱：author@citicpub.com

目 录

一 父亲 / 1

二 男人 / 63

三 姐妹 / 249

致谢 / 297

一

父亲

格蕾丝，莉娅，斯凯

我们曾经有过一个父亲，但我们的父亲死了，我们却没有察觉。

也不是说没有察觉，我们只是太过关注自己。在他死的那个下午，不合季节的炎热。我们一如往常地拌嘴。母亲走上露台，举手让我们停下，她朝着天空，做出一个迅捷的手势。然后我们躺了会儿，脸上盖着几段薄棉布，尽力不发出尖叫。于是他死了，我们这几个女人没有一个亲眼见到，没有一个陪在他身边。

或许是我们把他赶走的，或许尽管我们试图隐藏，那股能量还是从我们的身体里逃窜了出去，化作烟雾，黏附在房子、森林和海滩的周围。海滩是我们最后见到他的地方。他在地上铺了毛巾，平行于大海躺下，直挺挺地躺在沙地上。他休息着，任凭汗珠沿着他的上唇、沿着他的光头集结。

晚餐时他没有出现，我们这才开始询问。母亲焦躁不安地将食物和盘子扫下餐桌，胳膊那么一挥。我们搜索了房子里无穷无尽的房间。他不在厨房把鱼浸到盐水桶里，也不在外边拔枯掉的土豆、检查土壤。他不在房子最顶上的露台，审视三层楼下的游泳池静止的水面,当然也不在游泳池里,因为他拍打水的声音总是很大,老远就能听到。他不在起居室里,不在宴会厅里,钢琴没人碰过,天鹅绒窗帘上积满了无人清扫的灰尘。我们再次走上楼梯——一根贯穿房子中央的脊梁。我们各自查看了自己的房间,自己的浴室,虽然知道他不会在那儿。分散行动的我们又聚到一起,在花园里搜寻,更深入地搜寻,用长树枝捅池塘幽绿的深渊。最后我们终于去了海滩,我们发现其中一艘船也不见了——船被推走的沙地上,留下了印痕。

我们一时间以为他是去采购了,但随后我们想起他没有穿那套有保护作用的白色西装,我们也没有进行出海仪式。我们又看向地平线上那团圆形的光芒,天空像熟透了的桃子,带着毒气。母亲膝盖一软,跪倒在地。

我们的父亲有一具庞大、难对付的身体。他坐下的时候,游泳短裤会向上缩起,露出平时通常有衣服盖着的苍白的大腿。如果你杀了他,那就像是推倒一麻袋肉。得是个比我们强壮得多的人才行。

父亲遗留下来的形状很快就变成了一个空洞,我们把悲伤放在里面。在某种程度上,这也算是一种起色。

格蕾丝

我问母亲她有没有注意到你是不是生了什么病,有没有任何身体变差的迹象。她说,"没有,你父亲身体很好。"然后令人不快地将话锋一转。"你可是他妈的清楚得很的。"

你的身体并不完全很好。我当然会看到她看不到的地方。你死的前一天,我注意到了一声轻微的咳嗽,便为你调了蜂蜜酊剂。是水煮的荨麻,花园尽头采的,那里是我们倒垃圾、让东西腐烂的地方。在午后的酷热里,将荨麻从地里拔出来时我的手上起了水泡。你直接端着炖锅喝了下去。你的脖子晒伤了,喉咙在那金属制品下移动。我们一起坐在厨房里,两只凳子靠得很近。你的眼睛湿湿的。你没有碰我。厨房的料理台上,三条沙丁鱼敞着肚子,坦诚相见。

"你快死了吗?"我问你。

"没,"你说,"从很多方面来说,我从没这么好过。"

莉娅

  他沾了血的鞋子被远远地冲上了海岸，证实了他的死亡。母亲找到了鞋子，但我们没有像对待其他危险的废品那样用盐腌或者用火烧这鞋子。"这是你们的**父亲**！"当我这么建议的时候，她朝我吼道。于是我们没有那么做。我们戴上乳胶手套，全都触碰了鞋子上的那块血迹，然后我们把鞋子埋在了森林里。我们将手套扔进了鞋子开敞的坟墓里，母亲用铲子将土填了进去。我扑到格蕾丝的肩膀上哭泣，直到哭湿了她的衣服，她的皮肤在变透的衣服下显露出来，但她只是望着我们头顶的苍穹，没有流泪。

  "你能有点感觉吗，哪怕就一次？"后来，我在黑暗中向她悄声说道，没有征求她的同意就睡到了她的床上。

  "我希望你在夜里死掉。"她悄声回答。

  格蕾丝常常对我感到厌恶。我就没那么好运了，对她恨不起来，哪怕她口气酸臭，脚踝上黏着层软土渣。我想尽办法和她产生联系。有时候我从她的梳子上收集头发，把这些头发藏在我的枕头底下，当事情变得非常糟的时候。

  格蕾丝深深地迷恋着一个女人多年前留在这里的一双黑

色漆皮凉鞋。即便鞋底松脱，皮也开始剥落了，她还是会时不时地穿上它。一天早晨，她穿上凉鞋，脸朝下躺在渗出的露水里，就躺在花园中央。我和斯凯发现她，用手把她翻过来的时候，她一动不动，足足有三十秒或者更久。她的眼睛定定的。她的第一个动作是去拉扯自己的头发。我们加入了她，仿佛这是一个游戏，但结果这是一个暗示，我甚至都不知道我在等待着这样一个暗示。然后我们全都像废物一样，待在已经杂草丛生到恼人的草坪上，等着母亲找到我们。

由于我们没有服过丧，母亲陷入了恐慌。这仍是未知的危机，还没有应对的疗法。但她是个足智多谋的女人，一辈子都在热忱地修补着破碎之物。不仅如此，她还是个支持我们父亲的女人，理解并完善着他的理论。她把手放在我们身上的时候，双手毫无血色。但没过多久她就找到了对策。

整整一个星期，我、斯凯都和格蕾丝一起睡在她的床上。整整一个星期，母亲把蓝色的小安眠药丸放在我们的舌头上，一天三到四次。睡眠中夹杂着短暂、迷糊的间歇，被从睡梦中拍醒，从挤在床头柜上的那些杯子里喝水，吃母亲抹了花生酱的梳打饼干，爬去浴室——因为到第三天，我们已经腿软得站不起来。厚厚的窗帘总是合在一起，保持着室内的阴暗，保持着室内的凉爽。

"你们感觉怎么样？"母亲在我们晕晕乎乎地醒过来的时候问我们，"感觉好？不好？哦，我知道我希望能睡过去，不去经历这一切。你们真幸运。"

她检查我们的呼吸，检查我们的脉搏。斯凯吐了，母亲立即现身,温柔地用食指和拇指把呕吐物从她嘴里抠出来。她把斯凯放到浴缸里洗干净的时候,我们蒙蒙眬眬地知道她开了淋浴,水声听上去像一场遥远的暴风雨。

在这漫长的睡眠里,我的梦像一些装满了被活板门填满的盒子。我不断地想我正醒着,然后我的胳膊掉了下来,或者一道灰青色在天空中脉动,我在外面,手指插在沙子里,海是垂直的,向外倾倒着它的矿层。

后来,过了好几天我的身体才重新感到正常。站着的时候,我仍然得曲着膝盖。我之前咬到了自己的舌头,舌头肿了起来,像昆虫的幼虫爬过干土般在我的嘴里挪动。

格蕾丝，莉娅，斯凯

当我们终于挺过了那失落的一周，身边到处都是写着母亲字迹的、备忘录般的纸片。它们被钉在墙上，被塞进抽屉，被夹在我们折好的衣服里。这些纸片上写着："再也不爱！"母亲的痛苦赋予她一种女祭司般的肃穆。这些纸片让我们非常不安。我们问她是什么意思，她告诉了我们一个修正过的版本。

"只爱你们的姐妹！"好吧，我们考虑后觉得，这对我们来说还是挺容易做到的。"还有你们的母亲。"她接着说道，"你们也要爱我，这是我的权利。"好的，我们告诉她。小事一桩。

格蕾丝

我们有时在宴会厅里祈祷，有时则在母亲的卧室，取决于我们是否需要浮夸的言辞——母亲在舞台上向着天花板举起手臂，回声从镶木地板上荡回来。在她房间里的祷告要更安静、更严肃。我们紧紧地握着手，这样我们就可以模糊"我"与"姐妹"的边界。"为与我们血脉相连的女人们祈祷。"我们说道。

只祝福我的妹妹们身体健康让我感觉很好。我可以感觉到她们全神贯注在对彼此的爱上，仿佛那是一条需要记住的重要信息。"有时候，"母亲告诉我们，当她努力表现得慈爱的时候，"我已经没法分辨你们谁是谁了。"有些日子里我们喜欢这样，有些日子则不。

你死后我们第一次聚在母亲房里祈祷的时候，我提出了重新抽铁块的想法。我提出来的时候没有人点头，没有人附和我。我们的眼睛望向了她墙上挂着铁块的地方。五个钩子，五个不同长度的铁块。钩子上方有五个名字，但铁块上只有四个。

"一年一次，格蕾丝，"母亲告诉我，"你只是不喜欢抽签结果，不为别的什么。"

莉娅侧眼瞧着我。她是抽到空铁块的那个，也就是说，今年不会有特别的爱被分配给她。"运气不好。"我们告诉她。她坦然地接受了。我们都搂住她，告诉她我们当然还是会继续爱她，那是理所当然的，但我们都知道会有什么不一样，知道她得更努力地争取关爱，知道爱不会来得那么容易。我们将不能那么自由地触碰她。你挑选了我，一如往常，又要把我在你身边拴上一年。你动了手脚。这根本就是一场骗局。

"我分到的人死了。"我指出。

"悲痛也是爱。"母亲说。我以为她会生气，但她似乎反而恐慌了起来。"你可以说这是最纯洁的爱。"

于是我不会分给我的妹妹们更多的爱了。

我突然希望你能起死回生，好让我亲手杀掉你。

"我们总是会爱某些人更多一些，"母亲在我们第一次抽签的时候说道，"这样做，我们就能保证公平，每个人都能轮到。"我们手里拿着崭新的铁块，铁块上刚刚涂上了我们的名字，一切都看似简单。那一次，莉娅抽到了我。

我们所有人仍然会继续彼此相爱，但抽签意味着的事情是：如果着火了，如果有两个姐妹被困在了火场，而她们呼喊着同一个名字，救那个铁块告诉你要救的人，这是唯一正确的选择。忽略你的反叛之心中任何与之相左的直觉，这至关重要。而我们已经对此习以为常了。

莉娅

距离失去我们的父亲金已经过去了一个月,我站在游泳池的边缘,身上披着在边境和天空相交处升起的淡紫色光线。我们的游泳池是经过了安全处理的海水,盐水经过了看不见的管道和人工水道的过滤。泳池四周贴着蓝色和白色的瓷砖,旁边还有一个曾经供应饮料的大理石柜台。紧靠着水面的瓷砖上铺放着大块的盐巴,提防着风带进来的毒素。金曾经告诉我们,盐能带走潮气之类的坏东西。撒盐的时候,他的手快速、繁忙地移动着,他的皮肤被晒成了一种干巴巴的深棕色。

我穿着一条白棉布裙子,裙子的缝边、袖子和领口里缝着钓鱼用的坠子,这些冰冷的坠子紧贴着我的锁骨。金死后我就再也没穿过这条裙子。我身后淡彩色的条纹躺椅上搁着我的东西:毛巾、水、墨镜和瓷釉杯子盛着的冷咖啡。我做了一个深呼吸,把自己投入了水中。

只有我和格蕾丝会玩溺水游戏。斯凯现在已经够大了,但当金建议她——这个小宝宝,最得宠的孩子——开始玩的时候,母亲大闹了一场。母亲自己也从来不玩,她受的苦已经够多了。除了缓和剂,我们现在对她的身体也实在是无能为力。我们再小点的时候,她总是坐在其中一张躺椅里看着我们,手里握着一个装着水的高脚杯子,把她最喜欢的蓝色亚麻裙提到大腿中段。

我们刚开始玩的时候,我和格蕾丝还能一起进行。金可以毫不费力地把我们同时摁在水下。他是到后来,等到我们大点,没那么容易控制我们的四肢的时候,才发明了溺水裙。我的姐姐在她那个年纪来说个子偏小,我十二岁、她十四岁的时候,我们长得一样高,那一年我们完全是一个尺码,之后我就超过了她。在我的记忆里,那是珍贵的一年,有两个我的一年。我们穿母亲手工缝制的一模一样的游泳衣,红色的,左肩上有个蝴蝶结。我们的肺活量开始变得和成年女性一样,于是可以把一个音拉得很长很长。我们可以连续吹上好久紧急救生哨,感觉得有好几分钟。

我的感觉是些举步维艰的、讨人厌的东西。水下,盯着污迹斑斑的瓷砖,我尽可能大声地嘶吼。水湮灭了声音。我睁开双眼,翻过身仰躺着,透过水面看着太阳——一个泛着涟漪的光球。正是在这样的时候,我能够想象让自己待在水下,让水慢慢灌满我的肺部。正是在这样的时候我意识到,这其实甚至都不会很难。真正难的是我们要如何继续挨下去,以及为什么要这么做。

我的胸口开始感到疼痛,但我继续待在水下,直到眼前有黑白的圆点蠕动起来,我才用力地抓向水面。我摇摇晃晃地爬出泳池,跌倒在躺椅里,等着这种感觉慢慢平息,心中涌起一种深深的感激。

旧世界如此糟糕、如此容易毁灭的部分原因，是因为对被称为"感觉"的个人能量完全毫无准备。母亲对我们说起过这些能量。它们对女人尤其危险，我们的身体已经很脆弱了，而在同样的方面，男人的身体却不是这样。还有安全的地方存在，有像我们的小岛一样可以让女人活得健康、健全的岛屿存在，这简直是个奇迹。

"我们成功了。"金在我们刚开始溺水游戏的那些日子里这么告诉我们。发明新疗法总能让他更加健谈、心情愉悦。他用双臂搂住母亲，她的肩胛骨紧紧地抵着他的双手，双脚飞离了地面。幸福的日子！我们吃了一整袋巧克力威化饼来庆祝，只是有一点点不新鲜，我们蘸着羊奶吃了下去。

空气确实更清爽了。小小的海鸟飞来了我们的家，绕着花园、泳池盘旋，互相唱着歌。然而，在森林那头，在地平线那头，那个充满了毒素的世界仍然存在。它正在耐心等待时机。

格蕾丝,莉娅,斯凯

在父亲不在的那些美妙的日子里,我们任由我们的身体摊开。我们不再嘴唇咬着玻璃壁往罐子里呼气,好让金测试我们身体里的毒素水平。和金不同,母亲依靠的是间接证据。我们的体温、脉搏,面颊内滑溜溜、起疙瘩的苍白黏膜。她的处方是双份的罐头肉、用平底锅熬煮的海藻。她用油把斯帕姆午餐肉[1]煎成褐色,让我们误以为她未经我们允许就杀了洛塔,让我们误把海滩边的一根撬棍当成是洛塔绷紧的脑袋。"残酷!"当我们证实了羊根本没死时,我们声嘶力竭地喊道。

母亲常常说,或许我们总有一天会趁她睡着时杀了她,如果我们没有间接让她心脏病发作去世的话,因为女儿注定是要辜负母亲的。我们对这个说法的感受各有不同。

"今天你有多爱母亲?"我们彼此问道,一个接着一个,躺在花园里正逐渐枯萎的草地上,或是躺在海滩上,互相把脚埋到沙子里。回答总是来得很果断:

---

[1] 美国午餐肉品牌。——译者注

"百分之二。"

"百分之四十。"

"百分之一百十二。"

格蕾丝

母亲觉察到了我们的忧虑，她决定恢复秩序。一块大黑板突然出现在了厨房里，靠着操作台后的墙面，墙面上的瓷砖已经泛黄。她在黑板上列出一项项家务，我们干完一项就用手擦掉一项，但并不着急。

按医院里的方法铺床，把床单的折角折得又平又正。风平浪静的日子里打开门窗通风。用稀释过的消毒剂和醋清理厨房台面，把水桶拿到楼上，依次冲洗每个卧室里自带的浴室。加强海岸尽头、泳池周围用盐筑起的屏障。喂洛塔，给洛塔挤奶。擦掉窗户上海浪沫结起的网。重复的劳作要了我的命。每次冲洗已经被醋泡皱的双手时我都问自己，生活就是仅此而已了吗？就让我躺倒在花园尽头的长草丛中吧，让我把剩下的日子睡过去。

做家务前我们还要晨练。我们背对着宴会厅那几扇厚实的门，在湿漉漉的草坪上排成一排。如果天气不好就撤到宴会厅里，于是镶木地板上便回荡起我们锻炼的声音。但我已经被禁止做那些危险的练习了。

于是，我只是看着莉娅和斯凯被放任着跌倒、跌入草中。

她们知道会发生什么，但碰到地面的时候还是会大叫大嚷。母亲往她们的嘴里塞上薄棉布，好堵住她们的叫声。但关键是她们正在跌倒，她们的动作里没有丝毫犹疑，可这个游戏的本质在于她们并不应该总是跌倒——她们应该更多地被接住。母亲用胳膊搂住她们，踉跄着往后退了几步。

以前总有人把我和莉娅误认成双胞胎，但现在当我看着我的妹妹们，我注意到她们的眼睛简直一模一样，她们淡蓝色的虹膜四周都长着一圈稀疏、卷翘的睫毛。

"你应该松口气才对。"当我为了最后一次锻炼在你面前哭闹的时候你说。但无论那时还是现在，我都没有感觉松一口气。她们沉重的身子在我面前向后倒去。你在最后的日子里所做的事情，只是让我对自己感到越发陌生，只是在揭示着一桩又一桩无用的事情。

我们接着进行下一项练习。母亲掷出上了漆的硬球，我们要么躲开要么接住，有红色和蓝色的球。她试图把球砸向我们的脚踝骨。我们不得不保持警惕，才能免遭那一下突然的剧痛。我不参加，不再参加了。我只和她们一起做拉伸运动，就那样都能让我背痛。我不得不把手扶在后腰上，慢慢地直起身子。母亲注意到了我的动作。

"你要休息一下吗？"她问我，没有停下自己的弯腰动作。她的身体颤抖着，露着疲态。"你不该做过头。"

"我没事。"我告诉她，但我没有继续拉伸。母亲举起手臂，什么都没说。我看到她的手臂上青筋暴起。她这是在向我炫耀，我思忖道。她这是在告诉我就连她的老胳膊老腿也没有任何病痛，也要比我的厉害。

锻炼结束后，为了弥补我刚才那么想的愧疚，我伸出手搂住她。斯凯也和我们抱在一起，她的脸颊贴着我的上臂。莉娅待在原地，做着额外的拉伸，她把双手握在一起，把空气推离自己。她不能加入我们的圈子，对此我感觉很糟。母亲向着莉娅活动的地方看过去，我看得出来她也感觉很糟，但我也无能为力。

我的床以前是靠墙放的，莉娅在自己的房间里模仿了我的做法。但随着我们渐渐长大，我开始觉得被围住很不舒服，无论是从哪个角度。现在我必须把床放在房间的中央。莉娅也如法炮制，把她的床挪到了房间中央。有时候我把耳朵贴到墙上，倾听她的呼吸，虽然我从来不会承认。

今天晚上，我听到她哭了。只有我们姐妹，我们三个单独在一起的时候，她就是这么哭的，我很惊讶。所以，那并不是为了博取同情，她把哭声压在了嗓子深处。我没有流泪。我也没有去看看她，虽然我完全可以那么做。

莉娅

强烈的感觉会削弱你，像打开伤口一样打开你的身体。需要提高警惕和定期治疗才能防患于未然。经年累月，我们已经学会了如何压制这样的感觉，学会了如何仅仅在严格的控制下练习和释放情感，如何做我们的疼痛的主人。我可以将疼痛咳到薄棉布里，把它囚在水下的泡泡里，甚至把它排出我的血液。

我们渐渐抛弃了一些早期的治疗方法，晕厥袋便是其中之一。金觉得它落伍了，于是不屑再用。况且好多年前，为了节省电力我们把桑拿也关掉了，没有桑拿就没法使用晕厥袋。这在某种程度上怪可惜的。我喜欢眩晕，喜欢我的身体在不情不愿中突然化为乌有的感觉。

这些日子我们用电用得如此小心，是因为害怕停电。停电最常发生在盛夏。太阳落山以后，房间里像洞穴一样黑漆漆的，到处都是星星点点的烛光。我认为这或许是个线索，和边境外正在发生的事情有关，但母亲说这是她和金自己的精心安排，只是保证我们安全的计划的又一个部分。

制作晕厥袋的布料是一种厚重的织布，不是薄棉布，但也不怎么像麻布。这些袋子以前装的是面粉或者大米，母亲拆开了缝线，再把布料缝成合适的形状，又在正面仔细地绣上了我们的名字。治疗日里，她会让我们排成一列，带着我们出去，穿过厨房门走到森林边缘的旧桑拿房。桑拿房四周野草丛生，小屋的镶板都已经开裂了。我们伸出手臂，只穿着内衣，一动不动地站着，在母亲的指挥下将四肢穿过粗布上开出的洞口。她把我们缝进袋子里，一直缝到脖子的最顶端。然后我们被带进了桑拿房，被锁在里面，每人发了一小杯水，水很快就变得像血一样温热。

袋子没过多久就会被我们的汗水浸湿，我们自己的私人盐水。我们觉得头晕，于是躺倒在墙边的长椅上。我第一个喝完了水，因为我"没有自制力"，母亲和金总是带着遗憾的口吻这样说我。当坏感觉随着我流出的汗水一起排出的时候，我感觉到一种轻盈。我会允许自己舔小臂上的皮肤，舔一下，舔两下，不愿意让我的疼痛离开。

渐渐地，我们一个接着一个地全都失去了意识。母亲过来叫醒我们，往我们脸上泼水，然后我们一起摇晃着身体、拖着脚走到草坪上。我们闪着水光，湿着头发。我们趴在草地上，被湿布料扎得生疼。她拿着一把剪刀走到每个袋子前，沿着缝线一直剪到了底。当我们恢复过来，可以站起来的时候，我们便把那僵硬、沁凉的布料像层皮一样一直脱到了脚跟。

格蕾丝，莉娅，斯凯

那些废弃的房间里，有些床被摆放得很奇怪，是离开很久的女人们留下的床。喜欢靠窗睡或是想要一直盯着门看的女人们。受着幻象折磨，在夜间心痛的女人们。

我们是幸运的，因为我们只经受了最低程度的伤害。我们记得那些女人来投靠我们时的样子，但我们也记得治疗对她们的功效，记得她们的身体如何逐渐强壮起来，直到可以进行水疗。

我们现在只需要费心整理自己的床铺，从别人的床上扒下床单和毯子给自己用，于是那些厚实的床垫就那么光秃秃地躺在床架上。

"你们想念那些女人吗？"母亲有一次问我们。我们回答她道："不想。"只是在后来，我们自己待着的时候，才向自己承认道，是的，或许是有那么点儿想。

格蕾丝

在你死后显得更趋漫长的时间里，我想到了其他曾经离开我们的人。都是女人，来的时候患着病，支离破碎，走的时候已经被治愈。你的缺席带来了一种不同的氛围，一种沉重感，其核心是一种震惊。房子比以往任何时候都显得更加的空荡荡。

就我记忆所及，这些受伤害的女人一直在我们的生活里来来往往。她们来到这里，带着包着财物的粗麻袋、塑料袋、接缝已经裂开的大皮箱。母亲会在码头上迎接她们的船，把绳子一圈圈地绕到系船柱上。

在接待处，女人们在迎宾簿上写下各自的名字和来这儿的理由，母亲则为她们安排床位。她们很少会待上超过一个月。她们的手在前台台面上摩挲——只是人造大理石，但触感依旧冰凉，带着一种我现在看来是怀疑的情绪。那时我们待在高高的楼梯上，在黑暗中等待着，用指尖把地毯上的灰尘捻成团。女人们刚从大陆到来，呼吸里、皮肤上和头发里还带着毒素，我们是不应该在这种时候靠近她们的。于是我们努力克制着自己不去引起骚动，克制着让她们转过身抬起头、用她们红着眼眶的眼睛看我们一眼的欲望。

你,也同样离那些女人远远的,至少一开始是这样。适应环境是一定要的。她们坐着等待,双手夹在腿间,眼睛望着地板。她们已经经历了这么多,虽然我们并不了解她们具体经历了什么。

工作立刻就开展了起来。让身体继续衰弱下去是于事无补的。饭厅里,母亲在其中一张抛光圆桌上摆好两排玻璃杯,地上摆着水桶。我们本来是不应该看的。

女人们先喝了盐水,表情痛苦,不断地往桶里呕吐,身体抽搐。她们躺倒在地板上,但母亲把她们扶起来,坚定不移。她们漱口,吐出漱口水。然后她们喝了第二排的水,一杯又一杯我们纯净的好水,从我们的水龙头里流出来的奇迹般的水,黄昏初降时洒水器像层面纱般喷洒到花园里的水,我们每天早上一起床就一喝一品脱的水——母亲会看着我们把水咽下喉咙。那些女人把水喝进了肚子,而那只是一个开始。水为她们的细胞和血液注入了活力。杯子很快就都空了。

我和莉娅有一次看到一个受伤害的女人沿着岸边跑向码头。我们在窗口看着她,等着母亲去追她,我们知道如果我们试图逃跑,她一定会那样追我们。那个女人光着脚,她的头发就像蒲公英开出的花,随着她左右晃动的脑袋在海风中飞舞。我从来都不知道她的名字,但我心里有种直觉,觉得她可能叫安娜或者兰娜,一个柔和的发音,一个以某种呼唤结尾的名字。她找到了自己的船,我们看着她上船,看着她笨手笨脚地拉动了马达上的拉绳,看着她离开。她划出一条曲线,就这样把船开出了海湾,很快就在我们的视线里消失了。我们向她挥手,把温热的手按在玻璃上。我们知道的不多,但在某种程度上我们知道我们正在看着结局的到来。

莉娅

格蕾丝的肚子鼓了出来，里面充满了血或者空气。我第一次注意到时，她正穿着泳衣，在我旁边晒着日光浴。我透过墨镜看着她，直到被她察觉。她不顾天气的炎热，把毛巾揉成一团盖到身上。我一开始以为那是种病，以为她要死了。随着肚子的渐渐隆起，一同到来的还有一种深深的疲惫——格蕾丝会坐着打瞌睡，眼睛下印着黑眼圈。

我受到了影响。这一次我终于做到了和她保持距离，我距离她太近时她甚至都不用把我推开。我更频繁地伤害自己，试图以这种方式进行某种无声的谈判；在白色亚麻布的枕头套上把我的一缕缕头发排列成行，作为诚心诚意的贡品。但她身体的变化并没有就此停止。我在让自己溺水，在用海绵擦拭腿上的血迹的时候发出一个又一个微弱的恳求：救救我的姐姐！别带走她，带走我吧！

"觉得你自己尤其糟糕，这本身就是种自恋。"当我因为再也没有人爱我去向金哭诉的时候，金总是这么提醒我。

我也许什么都愿意做。我试探性地向大海、向天空、向土地承诺。

"去给格蕾丝拿杯水来，"母亲吩咐我，"今晚你做晚饭吧。"

我去花园里摘草药，看到一条黑色的小蛇在一片长着灌木的地里晒太阳。换作平常，我会尖叫起来，但这一次我找到一根掉在地上的树枝，朝着蛇打过去，一直打得它肚子开花，看上去好像煮过了头的食物。我往它被打得稀巴烂的身上撒上盐，然后用消毒液洗了手。我的两个食指都脱了皮，两只手都是。做得够好了吗？我问道，却不知道是在问谁。

吃完饭，我的姐姐在起居室的角落里干呕。她跑出房间，沿着走廊跑向浴室，她光着的双脚急促地拍打着镶木地板。等她回来的时候，她的脸色就跟月色一样苍白。她选了空壁炉前那块带流苏的地毯，径直躺到了地板上。

我担心自己的二头肌不够强壮，没法替她挖墓，如果我不替她挖，又有谁会呢？我担心自己也会被传染。我捏紧鼻子，用盐水漱口，漱到连眼泪都流了下来。

格蕾丝，莉娅，斯凯

母亲一开始比金还要严厉，但时间一久，她就渐渐地松弛了下来。她会在晚上往杯子里斟一点威士忌，在外面的露台上喝，视线越过栏杆，望着楼下的泳池，那里恰好没有树梢挡着。我们加入她，和她一起待在外面。有时候她会和我们谈到我们是怎么来到这里的，以及我们如何成长的。

她向我们说起莉娅，她肚子里的一块小石头，让她受了不少累。她向我们说起格蕾丝，包在白色的襁褓里。她向我们说起斯凯，那时他们还没想过她会到来，但她已经在那儿了，在某个地方，在先来到世上的那两个孩子的身上，在她们头上的满天繁星中，或者像种子一样栽进了她们的心里。金驾着船，小心提防着危险，而母亲的怀里抱着格蕾丝，承托着两条小生命的重负。后面还拴着另一条船，吃水很深，满载着财物，满载着希望，几乎超载。母亲和金都没有回过头去看海浪那头，世界正浓缩成一条扁扁的线，一团模糊的光和烟雾。这是一片应许之地，她这么描述它。一个从一开始就属于她的地方。

格蕾丝

把不同的身体部位浸在水下意味着不同的疗法，不同的温度也是。冰桶疗法适用于手脚，手脚是能量交汇的地方，对于把感觉的热量移除出身体至关重要。我天生体质偏寒，所以这个疗法不太被用在我身上。小冰鱼，你给我的昵称。已经不用的昵称。

莉娅有一天哭得怎么都停不下来，她也没有试图遮掩。她反而光明正大地坐在我的床上，即便我并不想让她待在那儿。

"你会污染空气的。"我告诉她，觉得恼火。

"别管我。"她说，一边把羽绒被堆到脚边。那天很热。我能看到在印着花卉图案的墙纸前，在亮光里打着转的每一粒灰尘。她的脸有点红过了头。她脾气不好，总是那么难相处。

母亲把冰桶装满，半桶冰，半桶水。我们四个都在她的浴室里。母亲穿着她习惯在心情不好的日子里穿的衣服——金的灰色旧T恤，膝盖上有洞的紧身打底裤。我们都穿着睡裙，今天我们都懒得换衣服。莉娅还在哭。她主动把手伸到桶里，想要感觉好些。我一时受到了感动。"好姑娘。"母亲喃喃地说道。当我的妹妹闭着眼睛面露痛苦的时候，她始终抓着莉娅的手腕。斯凯用手敲着地板——蓝白两色的马赛克瓷砖，紧紧地盯着莉娅的脸。她加快了动作。"停下，斯凯。"母亲说道。莉娅自己的手则在桶里移动，搅到冰块时发出笨重的声音。我看着她的脸越来越没血色。空气像在温室里一般停止了流动，窗台上摆着正在枯萎的植物。我们永远都是这样，不断把花拿进屋，又将它们抛诸脑后。我们没法对任何东西上心，除了对我们自己。

后来，我和斯凯一起去了泳池。她的身体对她而言不是负担，这让我觉得嫉妒。她躺在泳池边，手臂平放在身体两侧，脸庞隐匿在墨镜底下——是你从大陆带回来的那副。她的皮肤不会像我的一样感觉刺痛，我的皮肤总是绷得太紧。她的身体里没有任何哗啦哗啦晃荡着的东西，没有任何难解之谜。我坐下的时候，她立刻就用手臂搂住我，而我也不介意。她轻松自如，毫无顾虑地触摸我。有时候当莉娅迫切地想要抓住我，感觉我们俩都像是在受着折磨。

我很惊讶母亲仍然没有出现。一般来说，如果我和妹妹们在泳池边，她根本没法放心地把我们单独留在那儿。她也不进泳池，只是懒洋洋地躺在水边，身上抹着一层闪闪发光的助晒油，而这助晒油是不许我们用的。如果我们游泳，她就会尽可能地离水近点，但又不至于碰到水。就连在那儿我们也没有办法从她身边逃开。

斯凯摘下墨镜，站起身来。"瞧，"她说，"我一直在练习呢。"她走到跳水板的头上，和我对视了一下，等到我点头后便跃入了空中。她翻了个筋斗，然后干净地落入水中。她对我别无所求，除了我的赞赏。于是我赞赏了她，因为如果这个世界属于某个人，那便非她莫属。

"那一下真不错。"我说。她在我旁边扑通一下坐下，一边检视着我腿上新出现的蜘蛛网般的静脉曲张，一边发出一种难过的声音。我们之间有着十二岁的差距，身体目前的能力所及和过往的遭遇让这份差距变得沉重起来。我每次吃东西的时候，胃灼热都会在喉咙后面留下一道胃酸逆流的印迹。我的脊背发凉，提醒我"够了"。我看得出来，她既觉得着迷，又觉得害怕。她长大已经有一阵子了。

她翻了个身，俯卧在地上，好让背也晒到太阳。手握成拳向上举起的样子和我记忆中她婴儿时的模样分毫不差，那时她被裹在白色的拖尾麻布袋里，被到处带来带去，伴随着一件礼物应有的庄重。我开心了一会儿。在这儿，和我的妹妹在一起，她无可指摘的身体提醒着我，一切并不只是徒劳。

莉娅

　　差不多每隔三个月，金就会回到那个世界去补充物资。那是一段危险的旅程，需要让身体做好周全的准备。于是他开发了一个巧妙的系统，通过短促的深吸气和缓慢的呼气来尽量推开大陆的空气。他在宴会厅里涨红着脸练习，我们郑重地加入他，齐心协力地一块儿喘着气。清晨板条状的阳光晒在我们身上，舞台的幕帘被向后拉起，于是舞台向我们敞开着一张漆黑的大口。我们这几个女儿中总是有一个会晕倒。有时候还是俩，或者我们所有人。这种情况发生时，金就会焦躁起来。"看到没？"当我们围在倒下的姐妹身边，当我们往皮肤上洒水时，他会对我们说，"看到你们在外面会死得多快了吗？"

　　出发那天，他会在船上装好旅途中需要的食物和水，装好我们用红线和蓝线在旧床单余下的碎布上创作的十字绣护身符。护身符的图样抽象并且神秘。他向陆地上女病人们的丈夫或者兄弟出售，这些人在我们双手来来回回的美妙重复中看到了希望抑或魔力。

　　金穿上白亚麻布的西装，为旅行作好准备。衣服有点小。

尽管母亲试图清洗，腋窝部位还是留下了一块黄色的印迹。"实用胜于时髦。"金很久以前告诉过我们。他那些大小合身的衣服都没有那么地发人深省。他把白棉布缠在手上和脚上，用几段宽宽的薄棉布抵住嘴。

我们一起聚在岸边为他送行，看着他慢吞吞地走下码头。那样的日子里，哭是允许的，因为那是我们的父亲，而他正在为我们的生存负起责任。我们回头看向身后的家园，一个被诸如此类的行动保护着的家，我们的感激之情几乎让我们心痛。一旦安全登船，金就向我们举起了手。他起航后，我们更加卖力地开始了呼吸练习，脑袋眩晕，但心情轻松。我们举起我们的手臂。我们有没有想象过，想象那遥远的海上的雾霾，和他必须穿越的屏障？或许有吧。

他很快就会从我们的视野里消失。他沿着直线航行了一会儿，然后右转，直到驶出了我们的海湾。我们知道他的肺部足够强健，可以滤除一部分的毒素，即便空气的侵袭会让他庞大的身躯略微虚弱。当母亲开始哭泣，我们都用手拍了拍她。

父亲离开的日子里我们不吃正餐。我们只吃梳打饼干和剩下的最后一点罐头，母亲比平日里打开得更多，因为新的物资正在向我们驶来：家居用品，可以长久保存的食物，一袋袋米和面粉。有时还有材质坚硬的珐琅首饰，金把首饰放在母亲的手心里，母亲便弯起手指合上掌心。蓝色水桶里好几瓶加仑装的消毒剂。我们个人的特别请求：香皂、绷带、铅笔、火柴、铝箔纸。我总是想要巧克力，但总是被拒绝，可我每次都会试试。给母亲的杂志,递过来时包着三层纸袋,我们姐妹轻轻地接过,但我们是不被允许看的。

旅程耗时三天。到达大陆一天,在那逗留一天,第三天返回。在金回来的日子,我们会盼上整整一天。早上我们帮母亲准备欢迎晚餐。我们把手指抵在污渍斑斑的塑料砧板上切洋葱,手指又红又疼,但动作麻利。洋葱要一直切到像米粒一样细,然后再把透明的洋葱粒撒到平底锅里,让它们着上色。我们全神贯注地切着洋葱,切完一个,开始切下一个前会抬头看看,从占据了厨房那头大半堵墙的窗户望出去,搜寻着他身影的蛛丝马迹。

我们会在黄昏时终于看到船的出现,然后到岸边去接他。他回到我们身边时有点憔悴,对我们来说,假装很难看出这一点非常重要。于是我们要确保脸上挂着笑容,无论他的眼睛有多红,即便他因为没能在早上和晚饭前按时剃须而变得胡子拉碴。他总是不太好闻,但好在他从来不会想让我们在他回来的时候碰他,甚至也不想母亲碰他。当他拖着身子走上楼梯去泡澡,让外面世界的污垢从他身上脱下来时,我们就把东西卸下船。等他下楼来吃晚餐的时候,他已经看上去精神了一点,虽然眼睛下面仍然嵌着深深的黑眼圈,好像有人用凿子往他脸上凿过了似的。第二天他就会恢复正常,回到他原本的尺寸,不过他还是会继续和我们保持几天距离,以防他带了点什么会伤害我们的东西回来。这也是在提醒我们:我们有多容易受到伤害。好像我们真的会忘记似的。

有一次我被逮到打开了一本杂志。母亲把装杂志的袋子放在了以前的接待处，一时被家里的急事分了心。斯凯看到我在读杂志，她尖叫起来，真心为我担忧，然后其他人都跑着赶来。虽然我连第二页都还没翻过，但还是被要求在那周剩下的日子里都要戴着乳胶手套，以防我会污染别人。那周剩下的日子里我还被禁止吃晚餐。我的姐妹们给我送来了一盘盘的面包和鱼干，面包上已经辛辛苦苦地抹好了黄油，都是她们偷偷夹在大腿间藏起来的。格蕾丝一边给我送上食物，一边严厉地数落我愚蠢。斯凯送来她的食物时怀着真心诚意的内疚，因为是她拉响了警报。我轻易就原谅了她，因为她的尖叫是关心和爱的明证。如果有毒蛇抬起头，向我伸出的手露出毒牙，她也一样会这么尖叫的。

格蕾丝，莉娅，斯凯

接待处的软木公告板上钉着一张纸，标题就两个字——"症状"。

皮肤皱缩。
身体消瘦、佝偻。
任意部位无故流血，特别是眼、耳、指甲。
掉发。
疲劳感。
呼吸困难。喉咙和胸部发紧。
焦虑不安。
幻觉。
彻底崩溃。

外面的世界能造成的伤害是藏不住的，如果一个女人没有采取恰当的预防措施来保护自己的身体的话。新来的女人到达后，母亲总是能第一时间就看出她病得有多重，是不是已经没救了，她对这个世界无谓的敌意、这不可思议的一切感到无可奈何。她们手无寸铁并不是她们的过错。

"我们有年轻的女孩子。"她会隔着厚围巾告诉新来的人,薄棉布在她的嘴唇上隆起。或许那个女人只是焦虑而已。她或许在穿越途中流了鼻血,袖子上她擦拭过脸的地方还残留着模糊的血迹。"请到海滩上等着,安全起见。"

有时候她们只需要呼吸几个小时的新空气,情况就会改善。当她们在岸上休息,头枕在行李上,透过窗户,我们几乎可以看到她们的气力正在恢复,就像金回到我们的土地时那样。我们看着她们挺直了肩膀,身体的颤抖也平息下来。

格蕾丝

我们对你的称颂中存在着一种歪曲。我们把你塑造成了某种你从未首肯过的形象。我们把你变成了另一个人——一个最终被世界打败了的男人。我知道你不会希望自己被如此铭记。对你的忆念就相当于是在把你肿胀的幽灵往岸上拖，我们为什么会想要不断带回那个呢？

莉娅造了一个神龛。摆放照片和海贝壳的时候，她的双手没有颤抖，虽然她的眼睛都湿润了。我让她自在地坐着，不要发表评论，只是看着那张破旧的照片，那是你和母亲婚礼那天照的，你戴着一顶花冠，那套白西装，当时才刚刚买回来。

"禁止神龛。"一天早上母亲用黄粉笔在黑板上写道。黑板突然出现在早餐桌附近，于是我们没法置之不理。上面还写着："活在当下，跟我一起。"

这几天我一直在想你保护生命的方法，你声称如果必要，你谁都会杀，以爱的名义。即便是在比较阴冷的夜晚，我也能听到我肚子里的宝宝歌唱，或者仿佛是在歌唱。砰砰的羊膜的声音，仿佛海豚的叫声。

莉娅

寂静的白天之后又是寂静的夜晚,母亲把我们带进了宴会厅,她把格蕾丝带到宴会厅那头的小舞台上。"你们的姐姐要生宝宝了。"她告诉我们。我们鼓掌,往地上跺脚制造噪声,但声音响过了头,格蕾丝皱起眉来。

"宝宝是哪儿来的?"斯凯问道。

"格蕾丝向大海求了一个,"母亲告诉我们,手停在格蕾丝辫子的尾端,"她很幸运。"

我盯着格蕾丝看,直到她迎上了我的目光。她怎么敢。

之后我爬过露台的围栏,爬到屋顶上坐着。石板瓦的边缘硌着我的大腿,而我看着漆黑的海面。我求了又求,但我的身体里还是没有出现任何回音。海浪一如往常,夜晚稀薄的空气一动不动。或许我的愿望太强烈了,就跟我的所有愿望一样。

我们更小一点的时候,我和格蕾丝会玩一个叫"濒死"的游戏。游戏里,我们要蜷曲着身体,用力皱起眼睛。游戏里,我们要抖动着身体。我总是死的那一个——还会是谁。

于是我躺在我姐姐面前,她则往我身上撒盐。

"我们告诉过你,不要去外面的世界!"格蕾丝会模仿着母亲的样子吼道,"你穿了什么?"

只有我的身体。只穿了睡衣。

"你现在正在萎缩,"格蕾丝语气严厉地说道,"你的肺已经烧坏了,你的眼睛正在变干。你很快就要消失了。"

拜托。

再后来,我经过格蕾丝的房间的时候,看到她一动不动地趴着,她的脚底板脏脏的,抵着白色的亚麻布。有那么一瞬我以为她死了,但我叫她的时候,她无精打采地踢了踢腿,好让我知道她活得好好的。

格蕾丝，莉娅，斯凯

没有父亲的时光过得很慢，变得温和。糖在平底锅中熔化，淌成某种新的存在，然后变硬、收缩。日子和日子互相搅在一起。天空中的太阳似乎一直在不停地靠近我们。

在一个难得的下雨天，一起玩捉迷藏，我们拥有诸如此般的快乐。雨水冲洗着房子的外墙，灌入下水道里。我们隔着宴会厅高高的玻璃门，看着雨水在地面上汇成一片，填满曾经装着小小的芳香树的土烧的空盆。接着我们动身去把自己藏起来。我们发现彼此裹在天鹅绒幕帘里，藏在旧工业烘炉里——几十年没用了，结块的油脂覆满了炉顶，或是躲在家具或门背后，耐心地等上很久。

有时候我们也会生些小病，头疼或者胃痉挛。如果姐妹中有一个病了，那我们就像是都病了，于是我们会齐心协力地展开治疗。生病的姐妹躺在床上，我们为她梳理头发，派给她金带回来的包在硬纸板和气泡膜里的白色小药丸。当生病的姐妹好些了，我们就会欢呼。瞧瞧我们做的，我们互相说道，瞧瞧我们是怎么治好你的。

格蕾丝

一有机会甩掉我的妹妹们，我就会去森林。没有眼睛的树丛和它们的阴影里，是唯一可以让我找到一丝平静的地方。

我溜出房子，溜过草坪，偷偷摸摸穿过装点着环境的花圃，经过我们已经不再打理的菜地的石头边界。青豆很多年前就不再长了，但西红柿——在更靠近房子的地方——却径自生长了起来。它们的果实坠落，引来了蜇人的昆虫。一大堆土，已过盛期的球形果实和种子。

在花园尽头，我提起裙子爬过一堵矮墙。这是森林开始的地方。没有鸟鸣声，只有树叶干巴巴的脆响。在墙的那面，我的手沿着墙上的石头移动，直到我找到对的那块，把它取出来。是火柴，包在布里，以防受潮。一个原本属于你的小打火机，黄色的塑料壳。我拿一堆枯树枝做了实验，里面的液体不多了，但还能用。有那么一瞬间我想起了你的手打打火石的样子，火焰升了起来，有什么从我头上飞过。我没有哭。去你妈的，但我对着空气无声地说道。没有回答。在我需要的时候，你的幽灵在哪儿？

森林里有带刺的铁丝网，在深得我不敢去的地方。如果有人到了岛上,这铁丝网会跟海湾里的浮标起到一样的作用,它们给出了一条明确的信息。"禁止入内。"从另一个角度看则是:"禁止离开。"我想象着烟雾漫过铁丝网的景象,一个挑衅的信号。但我离得太远了,而且没几分钟我就踩灭了火。我想知道让整个森林都烧起来,看着一切蜷曲、变黑会是什么感觉。但这一小团火已经是我的极限。并没有什么真正的危险。树林里会始终保持阴凉,大树枝下阴暗并且潮湿。

下午在泳池边,莉娅没完没了地向我谈论你,"记得"这个词如同咒语般不断地在风中出现。她崇拜你。

她声音里的绝望让人不堪承受。最后我扇了她一巴掌,她差点摔倒。然后她冲到我面前,挥着手作好了打架的准备。我向后一仰。

"我没想打你!"她对我说,这个念头让她恐惧,尽管她已经下意识地挥起了拳头。那只是本能。"不会在你身体这个情况的时候打你!"

我走进屋,一个人坐在凉快的地方,但我摔门摔得太用力,以至于那盏年代久远的吊灯连带着石膏灰一起掉下了天花板。玻璃从地板上荡出去。我不停地尖叫,直到所有人都站到了我身边,盯着我瞧。她们被我的反应惊到目瞪口呆,甚至忘了用薄棉布塞住我的嘴。

"这座房子会杀了我们所有人。"我对母亲说。她毫不迟疑地甩了我一耳光,不管我处在什么状态。

莉娅

我左手有两个指尖发紫,因为在冰里浸过。左脚大脚趾坏死的指甲也是。

一个我在烛火里烧过的回形针,在我上臂内侧稚嫩的肌肤上压出了圆点。

我后脖颈上有块星状伤疤,母亲有一次把晕厥袋缝进了我那里的皮肤缝了两针。她是故意的,但我把针脚扯开时流了血,这却莫名其妙地成了我的错。每当想起这个我都想死。

我靠近颈背的地方秃了一块,指甲片般大,指甲片般平滑。那个伤口要算在金的头上,是他亲手把那里的头发扯了下来。

我右手拇指上有块大红斑,就是我做饭时摁到炉灶上的拇指。对我有帮助。

我身体侧面有烫伤。母亲往我身上泼热水。我尖叫道那是该死的谋杀。我一拳打在她的下巴上,但她只是笑笑,一个带着些许粉红色的微笑,因为我那一拳让她的嘴唇撞到了牙,但没有造成任何致命的伤害。

格蕾丝，莉娅，斯凯

当那些受伤害的女人第一次看到金的时候，她们往往畏缩不前。他是男人。但我们的母亲解释说，这是一个和世界断绝了关系的男人，这是一个认识到了危险的男人，一个将他的女人和孩子放在第一位的男人。

离开了毒素，男人的身体就可能会膨胀，就可能会失去控制一直疯长。所以金才会那么高。我们以为他头顶上的头发也会长回来，但事实证明那是一个不可逆的损伤。

"边境外的男人什么样？"我们问他。

最后他终于回答了我们。他提到了变态的欲望，提到在有毒的空气里依然长得强壮的身体，逆风生长的树一般的男人，长着多节、歪斜的身躯。有的人在这毒素下变得壮硕，仿佛他们的身体不仅学会了克服毒素，而且变得需要它。他提到了危险。那样的男人会漫不经心地在毒素周围活动。你会从他们的呼吸、从他们的手的触摸里感觉到毒素的作用。那样的男人会不假思索地折断你的胳膊。"像这样。"他说道，在我们身上示范，两手依次抓住我们每个人的小臂，做出要折断的样子。我们觉得骨头都快断了，但保持着冷静。"还有更糟的。"

格蕾丝

你死后大概五个月，季节发生了转变，潮水涨得比以往都高，大海不停地推搡着海岸线。年年如此。海水向前猛冲，盖住了码头，吞没了海岸，一直扩张到铺满了鹅卵石的碎石滩上。母亲一周前查了年历，所以我们有所预感。我们聚集在起居室里，欣赏着窗外丰满的月亮。那月光让人感到净化。

我想起了以前潮水涨高时被冲上岸的东西。我手臂大小般的短粗的鲶鱼，像溃烂的水泡一样；浑身是毒的水母；其他不允许我们看的东西，意味着海滩需要隔离的东西，我们需要把窗帘拉紧。潮水挖掘并且运送。世界距离我们更近了。

"小心，姑娘们。"母亲叮嘱我们。她暂时允许我们欣赏是因为这很美，是因为这月光的质地。我瞥向旁边的时候，看到莉娅满眼是泪。斯凯的眼睛是闭着的，我也闭上了自己的眼睛，想象着我的心脏在胸腔里快速地跳动。但在那表面的想象之下，我其实是在想着我静静躺着的宝宝。即便玻璃窗已经关上了，空气里依然飘来松木和盐的味道。几乎有股焦味。

第二天，母亲去岸上巡查，而我们被关在家里。她穿上金的白色亚麻长裤，裤管一直垂过了双脚，脸上遮着从宽沿帽垂下的薄棉面纱，模样很优雅。她会去检查涨潮线、浅滩，甚至森林的边缘，虽然海水从来不会涨到那么远。她在我们身后锁上了前门。我们赖在接待处，看着她走出门，看着门把转动，钥匙咔嗒一声把门锁上。外面的世界似乎闪耀着一种崭新的、纯净的光芒。

我们去了起居室。母亲放下了窗帘，但没把遮挡阳光的百叶窗完全放下来。莉娅走到窗边，但斯凯大叫"不要"，她听上去那么害怕，以至于莉娅实在不忍心把窗推开。她走回来，四肢着地跪到地上，好让我们的小妹妹像骑动物一样骑她，即便斯凯已经大到不适合玩那个了。她们悲伤地在房间里转悠着，莉娅垂下头，于是她的黑发触到了地面，汇聚在一起，仿佛一根被放下的绳子。最后她们躺在地毯上，向上举起四肢，来回晃动着。

"西瓜虫。"莉娅说，一边看着她的手脚有控制地缓慢移动。那是我们的老戏码。"我们动不了了，起不来。"

没过多久母亲就回来了，告诉我们我们又安全了，但我们还是决定关紧所有门窗，以防万一。母亲对我们的谨慎点头称赞。"你们做得真棒。"她一边对我们说，一边摘下帽子。薄棉布垂到了地上。"我真为你们骄傲。"

莉娅

创伤是一种毒素，它侵入我们的头发、器官和血液，变成我们的一部分，像重金属那样。我们的身体不过是一叠血肉，围绕着我们摄取的一切和经历的一切。这些东西置身于我们体内，就像我们有时撬开牡蛎得到的那些奇形怪状的珍珠。恐惧在我们的血管和心室中钙化。痛苦是一种货币，好比我们为生病的女人们缝制的护身符，一种平等交换，一种增强体质、让身体作好准备的方式。"你以为你了解痛苦，"母亲过去常说，"但你什么都不懂，你根本不明白。"还有家庭的爱，一种让我们的呼吸道保持舒适、湿润的慰藉，一种让我们可以不断活下去的东西。

大家一直担忧我也会在某种程度上染上格蕾丝的创伤，因为她很小的时候就接触过毒素，在一丁点毒素就能造成无可估量的伤害的年纪，无论她是否记得。母亲和金也以各自的方式经历过创伤，但他们把成年说得像是一种责任，一种让人反感的东西。

于是在早期，他们期望用尖叫疗法将感觉导出我们的身体，让我们把过度的东西从口腔排出。一个刮风的日子，我们站在室外的露台上。金那时还有一些头发，贴在耳朵边。我记得他是一个巨人，记得风吹得我和格蕾丝无法直起身子。母亲戴着耳塞，用手臂抱住我们，在猛刮着的热风中支撑着我们。金拿着一根棍子，他称之为"指挥棒"。他站在几英尺外，没戴耳塞，以便更好地确认我们是否叫得节奏得当、感情饱满。

"用胸腔发声，"他已经嘱咐过我们，"让气息下沉。不要用喉咙叫，不要用鼻子出气。"

我们照做了。空气从我们的口腔涌出，滞重、饱满。

"再响一点！"金叫道。风带走了声音。我永远都没法叫得足够的响。我竭尽全力叫出了声，感觉快乐得不能自已。在我短短的人生中，我一直盼望着能有这样的感觉。

"现在用喉咙叫。"他告诉我们，举高了指挥棒。我们调整了排出空气的方法。我们的叫声现在变得尖锐了，变成一种恐怖的噪声，而不再是一种狂热的快乐。指挥棒左右移动，格蕾丝叫得更用力了，然后是我。我的嗓子有点破音。我们觉得嘴干。

"最后冲刺，"金鼓励我们道，"最后一下，用尽全力。"

一个停顿，一个呼吸。我们振作起来，然后释放开来，我们把嘴张到最大，血液冲上了我的面庞，实在再也没有气了。出人意料的泪水淌下了我的脸颊。那真是一种解脱，那么做。真的是种解脱。

格蕾丝，莉娅，斯凯

没有父亲在身边，很难不去想事情会不会出岔子。很多年前，我们曾经见到过禁忌之物——被暴风雨冲上岸的某物，在某一次母亲又把我们锁在家里，把窗帘紧紧拉起的时候。但房子里有那么多个房间，那么多扇窗户。她出去后，我们只不过是在房子顶层又找到了一间房间，我们透过玻璃窗看到了那一大坨东西——母亲和金正在挖洞埋它。那只可能是幽灵，肥大、青紫。那曾经是一个女人，现在则是一个女人噩梦般的记忆。那无疑是有毒的，但我们却挪不开眼。

那些受伤害的女人围在母亲身边，歇斯底里地哭泣着，她们所有人都在哭。但金没有哭。他表情严肃并且坚决。我们看着他往幽灵身上盖上床单，将铲子插进沙子里，仿佛那是一个他正在杀戮的敌人。

格蕾丝

走去你坟墓的路上，我注意到了叶子正在变成褐色。绿色的植物会在夏季死掉，但现在还太早了。我小心翼翼地穿过森林，还注意到了别的变化。当我走到边境的时候，我看到铁丝网已经锈得相当厉害，有些地方都差不多破了。

我有个理论，怀孕能让你更容易觉察到威胁。第六感。母亲的理论则是怀孕会让你更加做作。我无精打采，深受荷尔蒙影响，喜欢把冰凉的茶匙放到嘴里品尝金属的味道。

我试过跟母亲谈谈边境的事情，但她要么就是不想知道，要么就是不想和我谈。

想到要把我的宝宝那湿漉漉的身躯推出体外，要把宝宝带到这个脆弱的世界，我就觉得压力很大。

莉娅

我以为随着父亲的死，有一些事情也会一起消失，但我错了。母亲在早餐的时候告诉我们，我们要去岸边做一个"爱的治疗"，于是我不得不放下勺子。我突然不是很饿了。罐装水果滑溜溜的圆块，毫无生气地漂浮在它们的汁液里。水果旁边有块李子干，像个黑色的蛋黄。格蕾丝继续把柑橘瓣舀进嘴里，丝毫不受影响。对她来说，那些治疗从来都没那么糟糕。她把手放进袋子里的时候，她动手取出铁块的时候，她的双手从来都不曾颤抖。

当我们走近海滩，我看到那里放着两个小纸板箱，盖子上挖了透气孔，旁边还有个大桶，好几加仑的容量，已经装满了水。还有个小一点的桶，一盒火柴，一堆树枝和树叶，两副厚实的园艺手套。斯凯伸手去抓格蕾丝的手，我则把手扭到身后。

"姑娘们。"母亲说。季节和炎热让她的脸上起了斑点，她的两只眼睛仿佛两块安在皮肤上的苍白的玻璃片，她的嘴唇裂了开来。她一贯热衷此道，喜欢看到我们勇敢的表现。她示意我和斯凯站出来。

"莉娅,你先。"她对我说。被爱得最少的那个总是最先开始。我戴上厚实的手套。她俯身拿起两个箱子。"选一个。"

我从她那儿接过一个,抱在手里。里面有什么在跑来跑去,箱子的重心在变。我把箱子放到身旁的沙地上,又接过另一个。这个里面也有东西,但要动得慢一点。两个箱子都散发着森林里惯有的潮味。我放下箱子。

"我选第一个。"我告诉她。早死早超生。她点点头。

"里面是只老鼠,"她说,"今天早上我看到它在捕鼠器里。"她又看向斯凯。"斯凯,把箱子拿起来。"

斯凯拿起第一个箱子。里面的动静更大了,箱子边缘有窸窸窣窣的声音。她的手在抖。

"你可以让斯凯把老鼠淹死,"母亲对我说,"或者你也可以替她完成。"

斯凯哀求般地看着我,但她并不需要这样。我已经往箱子伸出了手,尽管一想到那个毛茸茸的小身体,想到它在我手上动来动去的样子我就想哭。我的姐妹们安静地看着我打开盖子。

"别让它逃了。"母亲对我说,但我一下就把它托到了手上,把它拿出箱子,然后扔到了水桶里。它顽强地剧烈挣扎了一会儿,但已经筋疲力尽。没过多久它就沉了下去,一动不动地躺着,悬浮在水里。我觉得泪水在我的喉咙后面聚集起来。斯凯对我做出"谢谢"的口型,眼里噙着泪。

另一个箱子里装的是蟾蜍,皮肤粗糙,不知所措的样子。我知道斯凯会害怕把它拿在手里,但我没有这样的问题。我隔着手套，用一只手指轻轻划过它又短又肥的身体，希望或许这样就可以了。老鼠是有害的，它们传播疾病，是我们生存的敌人，但蟾蜍不是。可是母亲朝着摆在沙地上的火柴盒边指了指，我现在意识到那是引火物。

"母亲，不要，"格蕾丝说，"那太残酷了。"

"生活就是残酷的，"母亲对她说，"如果你们这几个姑娘现在不能为彼此做困难的决定，那你们就永远也没法做到。"

我低下头看着那只蟾蜍，它有着丑陋的皮肤。它缓慢地动着，仿佛我手的温度让它感到了一丝慰藉。

"母亲。"我也说道。我觉得口干。

"如果你不做，你妹妹就得做。"母亲说。

"求求你了，母亲，不要！"斯凯说道，又快要哭出来了，"求求你不要让我们任何一个人做。"

"我可以不戴手套碰它，"我对她说，"我可以把它淹死。"

"不行，"她说，"我不想让你生病，而且它会游泳。我又不是三岁小孩。"她看向我的姐妹。"那就点火吧。"

篝火点好后，我在那小小的火焰旁蹲下身子。母亲看着我，看我是否会照着她的意思做。我可以把蟾蜍放走，把它往海滩远处扔。但它或许还是难逃一死，它的身体会摔坏，会衰弱。我的呼吸很乱。

"你要是下不了手，就把它给斯凯。"母亲下了最后通牒。但我是不会让我的妹妹动手的，她很清楚。我把蟾蜍丢进火里，然后走了回来。

母亲几乎立刻就往火上浇了一桶水。蟾蜍跳了出来，几乎一点都没烧着。

"你过关了,"母亲对我说,"干得好。"

斯凯抬头看着我,一脸感谢。我们的感觉像电荷一样在我们之间流动。我接受、消化了这些感觉,然后我突然大哭起来。我脱下脏手套,用手掩住面庞。

格蕾丝，莉娅，斯凯

母亲有时候还是下不了床，虽然现在没有那么频繁了。我们知道那样的日子里她是在思念金，我们也知道折磨她的是一种叫作心碎的东西，对此我们还不能理解，或许永远都无法理解。她告诉我们这种无知是一份礼物，就像她尽力给予我们的那种生活，她一直如此狂热地守护着的那种生活。

"难道你们不为此觉得感激吗？难道你们不为此感谢我吗？"我们站在门口的时候她躺在床上问我们，黑暗中她的毯子显露着模模糊糊的形状。

我们说："我们感激的，母亲。谢谢你，母亲。"

格蕾丝

"把男人对你们做的事情画下来。"母亲告诉那些受伤害的女人。我和莉娅以及斯凯偶尔被允许在这样的集会上旁听。"这样你们就不用口述出来了。"它的神秘就在于此。我每一页画都想看,但女人们用身体护着她们的本子,仿佛里面的内容会致命。

她们伏在纸上,用铅笔和钢笔大刀阔斧地画着。那是个繁忙的季节。那时有七八个女人和我们住在一起,她们隔着早餐桌,用湿润的眼睛看着我们这几个女儿,或是和你以及母亲一起站在森林的边缘,松松垮垮地牵着手,凝望着黑暗。

"你们可以画得抽象一点,如果你们想的话。"母亲对她们亲切地说道。她指甲上的清油脱落了一些。她看上去有点疲惫。女人们画着的时候,她在她们之间来回走动,在看画前先轻轻拍一下她们的肩膀。

"我可以看一下吗?"她问她们,然后仔细地一页页翻看过去。

诉诸纸端好过口述出来,后者相当于让她们和污染如影随形。我们没有看到画。一个女人哭了,在纸的中央撕出一个洞。另一个画得巨细无遗，接着又用下午剩下的时间把画擦掉，小心翼翼、一厘米一厘米地擦掉。

　　她们之后在岸上烧画的时候，我们也被允许参加，女人们往篝火里扔火柴和盐。你总是保持着距离，从后面审视着一切。你肯定本来也想看的。那些画里画的并不是你的所作所为，但那些行为属于你，就像那些女人们的痛苦属于我们。无论如何，你的身体让你成了叛徒。我们待在那里，直到潮水上涨，淹到了灰烬，将它们变成了一摊烂泥。

莉娅

像这样持续了好多年后,我已经习惯了突然惊醒,惊醒在母亲捂住我嘴的手掌里。总是要为某个不明不白的事件演习,尚未发生的最糟糕的事情。她总是带着腐烂的蔬菜味的呼吸和她的眼白,眼睛眨得飞快。我每次都会跟着她去,即便在姐妹们拒绝的时候,她们假装睡得太沉,迷惑她,好让她允许她们睡着不动。对我而言,她来问我就已经足够了,而且这次还说不定是动真格的。恐惧在我的肚子里翻腾,还有别的东西,某种近似于希望的东西。气候每年都在变暖,是大地在告诉我变化就要来了,是空气在低语:不会永远都是这样。与此同时,当我在没有别人愿意的时候跟着母亲走下楼梯的那种亲密感,手电那冰凉的光芒吸引着我,我当真如此相信,因为乖乖的就会被爱,而我一直很乖,我一直都是乖乖的。

终于有事发生了,那个晚上下了一场暴风雨。母亲叫醒我们,不接受我们说不,她带着我们去了她的浴室。浴室里空间狭小,热得要命,地上有毯子和枕头让我们用作床褥,但唯一的一扇窗户很小，窗上还装着木头百叶窗，一点光都不透。百叶窗是金自己做的，以便他在伸手不见五指的黑暗中冲洗照片，在浴缸上晾干相纸。母亲让小圆蜡烛漂浮在水槽里。我们试着在浴缸里为格蕾丝铺了床，但她现在的块头太大，浴缸里装不下。她身体圆滚滚的，腿却很纤细，看上去像只昆虫。于是最后是斯凯躺进了瓷浴缸里，脑袋底下垫了条折过的毛巾。格蕾丝在地板上平躺着，我把手悬在格蕾丝的肚子上。我的需求在空气里轰鸣着，响得让人很不自在。"别。"格蕾丝说。说得毫不客气。

水龙头里流出水，我们直接把嘴贴到金属龙头上。水从我们的手指上洒出去，洒到彼此身上，感觉很凉快。母亲站着，试图透过窗户尽量看到点什么。风更加猛烈地撞向了百叶窗，她紧抿着嘴唇，发出和金为他的旅行发明的嘘声一模一样的声音，仿佛她能吹得比风更猛似的。伴随着嘈杂的雨声，伴随着我们的母亲为了保护我们而发出的声响，我们蜷曲着身体睡着了。

早晨，暴风雨停了，母亲也不见了。我们三个相互叫醒，缓慢地走出门，走进她的卧室。她正站在卧室的窗边，俯望着沙滩上的什么。她在发抖，我也开始发抖。不由自主。

"待在那儿，"她对我们说，没有转移视线，"别动。"

我们没有听她的话，径自走到窗边。"别看。"她又警告了一遍，但已经太迟了。

岸上躺着三个人，躺在大浪打不到的沙地上。我们看着的时候，其中一个人坐了起来，朝着沙地干呕，毫无风度可言。他们一直坐着。

"是男人。"母亲说,一边伸出手臂把我们推回去,尽管他们在下面,距离我们还很遥远,尽管我们暂时还是安全的。"男人到我们这里来了。"

二

男人

谢谢你们向我敞开家门。没有希望、没有对策、只有痛苦让人感觉异常艰难。我早该知道姐妹情谊便是这一切的答案。我很期待可以慢慢认识大家。

莉娅

紧急事件总是伴随着我们，如果不是发生在当下，那就是会即将到来。巨响过后余音残留在空气中。雷声炸响前的计数。而此时此刻，我们等了一辈子的那桩紧急事件终于到来了。

我们搜集了好几段薄棉布，还有我们的刀。趁着那些男人还非常虚弱，我们下到了岸上。我们到的时候，他们正坐着。两个成年男人和一个男孩，身上都是沙子和盐。年纪小的那个哭得很凶。我们围成半圆站着，和他们保持着安全距离，布料被我们用手揉成了一团，我们已经做好了准备。

其中一个男人站了起来。他身材颀长，下巴和头上长着深色的毛发，修得很短。另一个男人要年长一些，个子更矮，长着金色或者灰色的头发，或者又金又灰，跟前一个男人一样，也长着浅色的眼睛。一个蓝色的帆布包，湿透了，躺在他们之间的地面上。

"请不要害怕。"正在站起来的男人说。他说话的方式和我们不太一样。他伸出一只手，尽管我们离得太远，根本不可能握到，尽管我们无论如何都不会去握。

"别动。"母亲说。他立刻收回了手。

"我们发生了意外,"他说,身体轻微地摇晃着,"我们的船沉了。"他指指大海,但那里并没有船的残骸。

"你们根本不该来这儿,"母亲告诉他,"这里是私人领地。"

"我们在找地方避难,"他说,"我们认识你丈夫金,我们可以和他谈谈吗?"

母亲看上去不太确定。

"姑娘们,再往海滩上面走一点,"她对我们说,"往回走。"

我们照着她的话做了,直到她举起手。

"男人,"我们互相低声说道,几乎头碰着头,"男人男人男人。"我们非常震惊。我的腿在抖。我回过头,想看看是否能分辨出牙齿、爪子、武器的形状,但没有任何迹象表明他们是危险的。

说了一会儿后,她招手让我们回去。

陌生人们这会儿正站着,母亲随意地亮着刀,好像那只是她身体的一部分,她极其熟悉的一部分。

"我们为什么不该把你们淹死?"她逼问道。

"你们会淹死一个孩子吗?"深色头发的那个反问道。他把男孩往前一推。我和我的姐妹们试图紧紧抓住彼此。男孩看上去很可爱。他的眼睛是粉色的,像兔子一样。

"为了我的女儿们,我什么都会做。"母亲坦然说道。

男人们看着海面。大海很平静,但那里有能把你顷刻卷到海底的水流。

"我们有派得上用场的地方,"年纪大的那个说,"我们可以保护你们。"

"我们不需要保护。"母亲说。

"你们或许很快就会需要了,"深色头发的男人说道,"我们不是在威胁你们,你得知道。外面正在发生很多事情,可能会有比我们更坏的人来找你们。"

母亲似乎正在考虑。

"这或许是件好事,"他继续说道,"我们是父亲,是丈夫,和他活着时一样。"那么她已经告诉他们了。一阵猝不及防的悲痛向我袭来。他看着我们。"我们知道怎么保护人们的安全。"

男孩突然坐到沙地上,仿佛腿已经站不住了。较年长的那个把手放在他柔软的头上。

自从金离开以后,我们连一个陷阱都没架过。自从金离开以后,我们让巡逻变得形同虚设。我们没有杀掉可能带有毒素的动物。我们已经软弱了下来,不堪保持警惕的重负。但母亲没有仓促地做出决定,她深知男人的谎言和能说会道。

"我们需要时间,"她告诉他们,"在那之前,你们就待在这儿,待在我们看得到你们的地方。"

深色头发的那个瞪着她。"我们要在哪里避雨?"

母亲耸耸肩。"暴风雨已经停了。"

"我们可以喝点水吗?拜托了。"年长的男人问道。

母亲指指大海。"喝个够吧。"

"那我们是要让他们就这么死掉吗?"格蕾丝不太感兴趣

地问道。我们已经回到了房子里，正坐在桌边吃早餐，仿佛什么事都没发生过。母亲锁上饭厅的门，还有厨房的门，这些门平时总是开着的。如果他们往系船柱那儿走，我们就能看到他们，但那里的两艘船都装不下三个男人。剩下的那艘摩托艇——正闪着红色和白色的光，最多只能载两个人。那艘划艇会进水，只能做短途旅行。

"让我想想，格蕾丝。"母亲说道。

"或许他们是金的朋友，"格蕾丝不理她继续说道，"或许他们是来悼念他的。"

母亲把手放到头上，所有这些压力让她的偏头痛发作了。一阵阵恼人的疼痛从她的左眼扩散到她整个左侧的身体。这种时候她通常会想一个人待着，但现在她坚持让我们全都待在一起，直到她的病痛过去。我们在她拉上了窗帘的房间里坐了好几个小时，偶尔望向窗户，查看一下男人们的状况，在下午三四点钟那令人舒适的黑暗中焦虑地等待着。格蕾丝在母亲的额头上放了一块湿布。当她彻底晕过去的时候，我们三个一起从她浴室的窗户望出去，看着那些男人。深色头发的那个小腿没在水中，光着膀子，背朝着我们。现在天肯定很热。小的那个躺在沙地上，仿佛某件被人从嘴里吐出来的东西。年长的那个膝盖抵着胸口，和那孩子一样，也是一动不动。

*

我们一晚上都在轮流站岗。轮到我的时候，我从底楼的一个房间走到另一个房间，觉得非常兴奋。我的嘴很干。敲门声响起的时候，我正坐在厨房带有黑色菱形图案的赤陶地砖上，然后一个男人的影子出现在花园大门的门口。

是深色头发的男人和那个孩子。他们看着我，隔着玻璃，身形模糊。男孩又在哭，他的脸很陌生，湿漉漉的。男人对我做出一个口型，我意识到他是在说"拜托"。我不太习惯别人对我说这个词。那是一个魔咒，一个弱点。我心软了，我让他们进了门。

那只是跨过门槛的一步，只是几英寸的差别，外面和里面。男人没有犹豫，一把把孩子推进了门，生怕我会变主意似的，我的确可能会，我应该是要变的。然后他们两个都直起身看着我，第一次和我直接地、毫无防护地对视着，他们的眼睛是他们头上的两个黑洞，里面蕴含着某种我无法理解的东西。

"我们只是想喝水，"深色头发的男人迫切地轻轻说道，"或许还要一点吃的，如果你有的话。然后我们就走。"

我转过身背对着他们，在水槽边往一个玻璃杯里灌满水，然后又灌满一杯。他们被禁止的身躯的靠近有一种引力。他们把杯子喝空了，我又替他们灌满。我找到一个牛奶瓶，把牛奶瓶也灌满了水。我原本准备吃的水果干——花园里摘的无花果，摆在一个个托盘里的破碎的心，在阁楼上慢慢皱缩、吸收糖分——我递给了他们，没有触碰他们的皮肤。然后他们真的走了，他们头也不回地走出了门，我跟着他们走出去，带着警戒，我还在站岗。

早晨母亲重获新生。偏头痛结束之后，一切都闻着更香。她要了面包和黄油，要了苹果和茶。晚上她看到了幻象。是金，他告诉她要表现出深深的善意，现在以及以后。他们在泳池里游泳，在泳池中央的水下会面。但他们还没来得及触碰彼此，母亲就醒了。她向我们讲述的时候哭了，眼睛里噙着点泪。

"你是说你做了个梦。"格蕾丝说。

"你不会游泳。"斯凯接着说道。

"你们俩都很残忍。"母亲说。她用拇指指甲把一片苹果的皮和果肉分开，猛地一拉，一下子就剥了下来。

我们本不应该看她对男人们做了什么的，但我们在格蕾丝的房间里看了，我们发现那里有着很好的视野。我和斯凯一直蹲在窗下，我们的脸上、嘴里到处都是头发。格蕾丝在不停地进行解说，她的声音听上去很远。

"她在让他们脱下所有衣服。"她说。

我们睁大了眼睛看过去。男人们就在那儿，正在脱T恤和牛仔裤。母亲用动作指挥着他们。她拿着金的手枪对着他们。他们也脱下了内裤。他们的皮肤上有不同颜色的条纹，就和我们的皮肤一样，但那似乎是我们唯一的共同点。我无可救药地觉得着迷，格蕾丝则轻轻发出一记厌恶的声音。

"她在检查他们的衣服和帆布包，看有没有武器。"她接着说道。果然，男人们已经小心翼翼地往后退去，母亲则提起他们软绵绵的衣服，用力抖了几下，又让它们落到地上。

"她又拿枪指着他们了。"格蕾丝说道。我希望她能安静一点。我们毕竟都能看到母亲,她正举着胳膊,现在显然距离他们很近。他们试着用手挡住自己,但她肯定告诉了他们不要那么做,让他们把手贴近身体两侧,于是他们的身体展露无遗。

我们和他们的第一次正式见面是在餐桌上,他们穿着原本属于我们父亲的衣服走进了房间,即便那两个成年男人比我们所有人都至少高出一个头,那衣服对他们来说还是太大了。他们进来的时候我们都已经坐好了,但我们站了起来,出于礼貌。我摸了摸我口袋里那块折好的方形薄棉布,只是以防万一。男人们在桌子对面站成一排,晒得很黑,形容疲倦。母亲则站在餐桌头上。

"我是卢。"深色头发的那个说道。他把一只手搭到身边男孩的肩膀上。"这是格威尔。问个好吧。"

格威尔挪了挪脚,朝我们每个人的脸迅速地扫了一眼,然后又看向脏脏的天花板。"你们好。"他说。

"我是詹姆斯,"年长的那个说道,"格威尔的大伯,卢的哥哥。"

血缘把他们紧紧连接在了一起,这个念头既让我惊讶又让我高兴,让我有种亲切的感觉。我们说了自己的名字,按着年龄的顺序。

"坐吧。"母亲吩咐道。于是我们都按她说的坐下。

男人们吃得很快,吃得也太快了。我担心他们会噎到。

卢剥开牡蛎，让肉滑落到他的盘子和格威尔的盘子里。他流畅的动作里有点特别的东西，他的眼睛明亮并且敏锐。他的手臂上有层毛发，既让我觉得恶心又让我觉得着迷。格蕾丝发现我在盯着他看，便在桌子底下斜踢了我一脚。

卢教我们念他的名字，但我们都发不出来那个音。我决心暗中练习，好给他留个好印象。冷凝的水滴滚下我装水的酒杯。

詹姆斯问我几岁，我耸了耸肩。当他把注意力转向格蕾丝，问她已经几个月了，母亲趁机鼓吹了一番有女儿的好处。我们在椅子里尴尬地动来动去。

"你们有女儿吗？"她问男人们。

没，暂时还没，他们告诉她，或许将来会有。她很失望。格蕾丝凶残地弄断了鱼的尾巴。

我们沉默地吃了一会儿。母亲似乎在犹豫要不要说点什么。最后，她放下了叉子。

"再也没有人来了。"她对他们说。她压低了声音，但我们还是听得到。"现在不比从前。"她停顿了下。"所以，我说不好。你们从今往后得靠自己了。"

我想起了那些坐在船里的受伤害的女人，她们稀薄的头发，她们奇怪的嗓音和包裹在牛皮纸里的礼物。她们的太阳穴上、她们的手背上的通透的皮肤。

"他们会来的。"卢在盛食物的时候对她说。他的声音很和蔼。"他们会找到我们的。我们只需要在他们找到我们前在这儿暂住几天。"

母亲没有再说什么，只是把叉子举到嘴边。他们这么笃定地相信自己会被找到，这让我想哭。

晚餐后，我们偷偷摸摸地履行了惯例。母亲以打牌为由引开了男人们的注意力。她让他们在餐桌边坐开，怂恿他们打牌。我们走出高玻璃门，离开了房间，看着他们的影子在墙壁上移动，伸着手臂，他们陌生的哼唱渐渐听不见了。我们用两只手掌捧着盐，选了条路走到岸边，然后像往常一样小心翼翼地把盐放下。

就在我要去睡觉的时候——那时天还亮着，我看到一只奇怪的鸟从头顶飞过。我从没见过这样的鸟，我带着敬畏抬头看着它绷紧的翅膀，看着它在天空映衬下的黑色剪影。它在很远的地方，但我能从我浴室窗户打开的小口隐约听到它单调连续的鸣唱。格蕾丝在她的房间里，我跑去叫她。我跑到她的门口一直敲门，直到她跟我过来。她站到马桶上寻找更好的角度，但只瞥到了鸟消失不见前的最后几秒。我在想它在哪里筑巢，是会不停地飞还是会在浪中忽上忽下，串接起一条由那摇摇欲坠的世界的废墟拼凑成的筏子。格蕾丝发现我的手握着她的手，我们的十指紧紧相扣了一秒，然后她把手抽走了，仿佛突然想起我们已经不再做这样的事了。

我们从来都不被允许哭泣，因为哭泣让我们的能量变得令人窒息。哭泣会压垮你、让你脆弱，会折磨你的身体。如果水可以治愈让我们痛苦的东西，来自我们自己的面庞和心灵的水却是错误的那一种。它吸收了我们的痛苦，释放出它是危险的事。金用"病态的绝望"来形容需要，把我们的头按在水下进行控制的紧急事件。当我和姐妹们齐声哭泣，哭得不能自已，这便构成了一桩紧急事件。

可是，我喜欢哭。金已经不在了，于是我甚至都忘了为哭感到内疚。现在再也没有人注意我做什么了。我独自待在房间里，猛地推开窗户，太阳懒洋洋地照着我的眼睛。或是在泳池的水下，那里所有的水都是同一种水。有时候我会想象我姐妹们的死，站在露台围栏旁的她们的身影，像揉皱的纸一样向下落到地面，一个接着一个，然后眼泪便涌了上来，即便我提醒自己她们仍然活着。知道事情总是可能变得更糟，这很重要。对她们离世的想象磨利了我爱的锋芒。在那些时刻我几乎懂得了她们对我而言意味着什么。

男人们到来的那个晚上，我哭得相当厉害，却不知道是为了什么。我睡得很浅。他们遥远的身躯是热量的印记，失落在了房子里的某一处。

我的丈夫离开了村子。我的兄弟们也离开了。所有其他人的丈夫、兄弟、儿子、父亲、叔伯以及侄子也离开了。他们一群群地离开,为离开而道歉。他们身上存在着危险,他们希望我们能够谅解。

早晨,我在我们那三间卧室外的走廊上踱步,仿佛是在设置一条界线。我们过去常说地毯上所有黄色的部分都是火做的,如果你踩上去就会被烧死。我一路小心翼翼地走到面对着森林的窗边,把胳膊肘靠在窗台上。在空气流入的地方,空气闻上去甜甜的、很干净,但有些树正在变成褐色,正在渐渐死去。警惕,我对自己小声说道。我把耳朵贴到每个姐妹房间的门上,以便检查她们的呼吸,结果几乎让我感到满意。

我在楼梯最上面,听到有钢琴声从远处传来。我以为会看到母亲在整理思绪,但当我走进宴会厅的时候发现是卢,他正背朝着我。我看到他宽阔的肩膀,理到脖子的头发。我受到了惊吓,好比看到一条蛇猛地窜进了森林中的灌木丛里。他转过身时漏弹了几个音。于是我意识到他也一样怕我,或者至少,害怕此刻我可能是的那个人:举着枪的母亲,逮他个措手不及的复仇心切的女人们。他和钢琴完美地置身在一长条炙热的阳光里。

"是你啊,"他说,"给我们水喝的那个。"

我点点头。

"我吵醒你了吗?"他问道。我摇头。"那就好。"他指指钢琴。"你会弹吗?"

"不会。"我说。

"为什么不会?"他问。

我耸耸肩。

"反正调也不准了,"他说,"都是大海的空气害的。"他把头歪向一边。"我不咬人,你知道吧。过来这儿吧。"

母亲和我们讨论过留意身体的一举一动的重要性。要始终谨慎行事,身体是最好的警报器。如果有什么感觉不对,那就很可能真的不对。我的身体没有感到恐惧,虽然我的手有点抖。我很好奇,仅此而已。我迈出了步子,男人对我笑笑。

卢在凳子上为我腾出地方。即便隔着衣服,他的身体也还是比女人的身体更热。和我的父亲一样,他也是血肉之躯。靠近他并没有那么糟糕。我伸出一根手指去碰琴键,随便挑了一个。他跟着我,在我挑的琴键附近选了一个,弹出一个和音,然后又选了一个。

"谁都可以学琴,"他对我说,"小朋友可以,老人也可以。你现在也还来得及。"

我从没学过弹钢琴,因为我笨手笨脚,也不感兴趣,因为音符的声音让我浑身不自在,让我胸口堵得慌。我不需要那个,我可以这么告诉他,没有那个我也已经够难受的了。但我让他教了我一个非常简单的调子,我设法记了下来。我弹了一遍，又弹了一遍，每一次都弹得更快。他祝贺了我，但那只不过是十五个音符，也不是什么伟大的成就。他从牙缝里倒吸了一口气，他的牙齿要比我的白很多。"看到没?"他说。

门又开了，这回出现的是母亲。我不用看就知道。我立刻站了起来，但卢没有动。

"早上好!"卢向她打招呼。母亲没理他。

"该吃早饭了，"她只是说道，眼睛盯着我，"大家都醒了。"

卢一言不发地合上琴盖，把凳子往后一推。尽管他身材高大，他的动作里却有一种流畅感，这种流畅感告诉我，他从来都不需要为自己的存在辩解，从来都不需要把自己蜷缩着藏起来，我想知道那是种什么感觉——知道你的身体无可指摘。我试着跟着他走出房间，但走过母亲身边时，她一把抓住了我的手腕。她什么都没说，只是看了我一眼。她的眼睛眯到快要闭了起来。

有那么一瞬间我觉得恨她，我想用手掐住她的喉咙。然后我又一如既往地想起，我应该爱她才对。于是我也看着她，心里想着一个淡粉色的圆球，我那顺从的心。

早餐时，母亲宣布了新的规矩。她彻夜未眠地进行了调整，和我们周围的世界做着斗争。她暗示我们应该为此感到内疚。我们考验了我们母亲的精神，我们伤害了她，自己却丝毫没有察觉。女儿们总是不知感恩，我们现在知道了。你可能会在我们尖利的漠视中割伤自己。我们自负、愚蠢、傲慢。这个早晨我会承认我确实为了测试弹性拉了眼睛周围的皮肤，我确实穿了那条最白的裙子——用醋漂过，下摆上装饰着小圆孔。

"女孩不得单独和男人待在一起，"她看着她的笔记本读道，"男人不得靠近女孩们的房间。除非我批准，否则男人不得触碰女孩们。"

有什么可以严重到让她批准触碰？我想知道，我觉得我的姐妹们也想知道。或许，如果我们溺水了。如果有面包块、鱼刺卡了我们娇嫩的喉咙里。我想象着潦草地写在页边空白处的公式和演算，计算着我们的身体在遭到惨不忍睹的伤害前能够承受到什么程度。我为我右手手背上的一块痂感到担心，一个我没有任何印象的伤口。新的曙光从窗户照射进来，一束让人无处藏匿的曙光，我更清楚地看到了詹姆斯眼睛周围的皱纹，格威尔正在消瘦下去的胖乎乎的脸颊。卢交叉着手臂靠到椅背上。当我好好地瞧了瞧他的身体时我觉得恶心，但也觉得欢欣。我意识到如果我必须站到他面前，我一定会瘫倒在地，一定会泄露真心。

母亲从桌子底下拿出金的手枪，把枪放到桌布上。

"如果你们敢碰姑娘们，我就不得不把你们给杀了。"母亲说。她在享受这种感觉，毫无歉意。

"好的，"詹姆斯说，"我们明白。"他把一只手搭在格威尔的肩膀上，看着卢。

"一清二楚。"卢说，笑着看着母亲，然后又对我们其余人笑笑。

母亲拍了拍手。"好,现在问题解决了,我们就接着过今天的日子吧。姑娘们,我需要你们。你们跟我来。"

我们跟着她去码头的时候,男人们就待在房子里。空气很干,毒辣的阳光反射在平静的海面上,烤干了空气里所有的水分。我的额头、后脖颈上立刻沁出了汗。母亲走到远端,然后高高地举起手枪。我们跟着脚下流水的节奏摇摆。

"你们记住这个,"她对我们说,"是的,你们现在是该学学怎么用了。"她把手伸进口袋。"这是一枚子弹,瞧着。"她打开枪,把子弹放进去,又把枪合上。

她转过身,把枪对着大海,没有瞄准任何东西。一声巨响让她往后退了几步,一阵烟雾盘旋着升起,斯凯抓紧了格蕾丝。别的什么都没发生。

"如果你们拿着这个对人射击,他们立马就会丧命,"母亲平静地解释道,"这是杀死一个人最高效的方法。拿它指着头,或者胸口。"她揉了揉她的肩膀。

母亲让我们都试了试那把枪,甚至包括斯凯,枪把她推倒在码头的木板上时她哭了,但只哭了几秒钟。我试着让手臂完全保持稳定,甚至在全身都被震到时也没有看向别处,这一震比我想象的要厉害得多。我们安静下来,在巨响之后侧耳倾听着,等待着别的声响,但什么声音都没有。

当我们转身回去的时候男人们正在岸上看着我们,仿佛是受到了那些声响的吸引。他们看到我们——离得很远但是安然无恙——的时候，脸上现出了某种或许算是宽慰的表情。

后来我一个人坐船出去。没有鲨鱼把鼻子贴到木头的船身上。它们对我不感兴趣，对我苦涩的心和骨头不感兴趣。我希望如果是它们杀死了我的父亲，他的血肉会让它们得病。缠着烂泥的海草像湿头发一样漂在水面上。当我已经驶出岸边一段距离，远得让我觉得足够安全的时候，我让皮肤蹭过木板上一颗冒在外面的钉子，皮肤上留下一条淡淡的红印，甚至在我看着的时候就渐渐消失了。金曾经警告过我破伤风的危险，铁锈会感染血液。这么做没法让我得到我需要的。

于是，我把手掌抵在木头里的一个金属接头上，吸满了热量的钢铁。好一点，但还是差得很远。我捕了一网兜挣扎着的银色的鱼，让它们死在船底，看着它们的呼吸愈趋微弱，最后终于停止。我知道这种感觉，我告诉它们。

构成我们的世界的，是波涛汹涌的大海上潮湿的空气，是理论上致命的激流，是用它们不祥的身躯劈开蓝天的鸟类。森林黑暗的饰带环绕着我们视野的边缘，一排让人安心的橡树和沿海松树——金教给我的名字，他一边教我一边割下一条条正在剥落的红树皮，把树皮放到我的手里。我们端坐在中央的家，眼下就在不远处瞪着我，洁白巨大，像个蛋糕。从这里看过去，那仍然像是个可以拯救你，一个至少可以指引着你往那儿走一段的家。

许多女人都曾经指望过那个承诺。她们让自己躺在白色的亚麻床单上，拉上百叶窗，挡住太阳和空气，让自己静心休养。已经有很多年没有她们的踪迹了。温柔的女声，吹进起居室敞开着的窗户的阵阵凉风，地板上断断续续的脚步声，椅子被拉到宴会厅的中央，听演讲、做治疗，这些令人宽慰的记忆。从来没有男人来过这儿，男人不需要我们提供的这些。

当我回到岸上，那个男孩正在审视着浅滩，小心翼翼地不让脚沾到水。他正用根棍子往沙子里捅，有条不紊地，仿佛在寻找着什么。他的手腕很细，他的嘴唇很苍白。我保持着距离，用脚翻着鹅卵石，直到有东西引起了我的注意：一块光滑的绿宝石或者一片玻璃，因为岁月暗淡了光泽。我刚好能把它握在手心里。我把它揣进口袋，因为即便是不被爱的人也值得拥有些什么，因此只要哪里能找到礼物，我就都会收下。

我在海岸更上面的地方发现了一只死鸟，黑色的羽毛里夹杂着一簇簇绿色。我注意到它是因为那些苍蝇，苍蝇们围绕着它的声音和动静。它就躺在涨潮线的边缘，没法判断是被海带过来的还是死在了我们自己的天空里。我在远处站了一会儿，然后决定吹响挂在脖子上的哨子。母亲和姐妹们来得很快，她们冲出门，奔过沙滩朝我跑来，穿着白色和蓝色的棉布衣服。我向她们举起手。

"一只死鸟，"我喊道，"死了。"

"离它远点！"母亲叫道。我往后退去，都不需要她讲第二遍。我们站在它周围，围成一个巨大的圈。"去拿盐来，莉娅。"

我跑进厨房的时候卢在那里，身体靠在不锈钢的料理台上，一把一把地吃着爆米花。他把手直接伸进去，把手掌抬到嘴边，再把头向后一仰。我暗暗提醒自己要把这个包装袋扔出去。

"你在干什么？"他问道，嘴里塞得鼓鼓囊囊。我正把那一网兜鱼扔到桌上，转身去把水槽下密封的玻璃盐罐拉出来。他放下零食袋，非常小心地盯着我看。

"没什么。"我对他说。这跟他没有关系。我耐着性子走出厨房，但一离开他的视线就又奔跑了起来。鹅卵石被我踢得四处乱飞，我的皮肤烫得要命。

母亲已经收集了浮木、石子和一些杂物。她和我的姐妹们把这些东西放到鸟的身上。格威尔在远处看着，手里仍然握着那根棍子，但我们没有理他。

"盐。"母亲命令道。我打开盖子，好让她聚拢手指把手伸进去。她的确这么做了，抓起满满一把盐。斯凯这会儿看上去就快哭出来了，格蕾丝则有点烦了。她们各自抓了一把盐。她们把盐撒到篝火上，我也照着她们的样子做。母亲从口袋里掏出一盒火柴，点亮了引火物。我们从火焰旁边跳开。一条细细的烟升了起来。

"哦，姑娘们。"母亲说道，一边看着波浪状的海草和木头燃烧。她的声音里带有一种深切的悲戚。"这不是一个好兆头。"

她迅速地朝我瞥了一眼，我立刻感到一阵百转回肠的内疚，感受到她的那股敌意。我知道那个眼神意味着什么。

我不想在男人们摊开手脚躺在泳池边的时候玩溺水游戏，

他们看上去好像死了一样。于是我回到房间，关上了门。在床的另一头，离门最远的地方，我坐在地毯上。这里没有人能看到我。我打开床头柜的抽屉，取出锋利的石英、打火石，以及我从妈妈和金的浴室柜子里偷来的剃须刀片。我选了一片刀片，即便我一直担心没有金去大陆的那些旅行，这些刀片会渐渐用完。我们也注意到了其他方面的短缺。我在控制我的香皂的用量，用水果刀把它们切成一小块一小块。只有盐永远用不完，把装着海水的浅水盆放在阳光下，水全部蒸发后就能得到。

我往前伸出腿，把裙子拉到膝盖上面。地毯上是一个个让人恶心的漩涡，一种原本是想表达森林的图案。我用皮肤慢慢地蹭过去，变红了，但没有破。第二回的时候破了，沁出一连串的红色小圆珠。一厘米，两厘米，三厘米。

我的身体，金说过，是那种会吸引伤害的类型，是那种在别处都无法长久存活的类型。但他说的其实是我的感觉，它们像海洋植物的叶子一样从我的胸腔盘旋而出。我的姐妹们不喜欢看到我身上的那些伤口，她们挪开视线，不想看到包扎整洁的方形纱布，但她们知道那是不可避免的。她们只是宁愿不要想起。

我在浴室里小心地清洗了伤口。没过多久，新渗出来的血就不再滴到浴缸里，不再在下水口旁像蛛网一样溅开了。我为自己包好绷带，在镜子里看了看自己。

我把所有东西收好，然后走到窗边。把窗帘稍微拉开一点，就能从另一个角度看到楼下男人们躺在水边的身体。他们是天上掉下来的厚白板，砸到哪儿就留在了哪儿，胸口和四肢上长满了瘆人的毛。他们离我很远，但他们转头的时候我还是往后一缩。我不想让他们看到我在看他们。我转而看向了大海，估量着海浪的高度、观看着云层的变形。我试着去看我们留在沙滩上的灰烬，但我离得太远了，再说那也已经不再是个问题。我们已经控制住了局面。我们已经采取了必要的措施。

有时候我的室友——更强健的女孩们——会把男人带回她们的房间。我无法理解她们为什么这么做，无论那是轻率之举还是打疫苗般的预防措施，或者两者皆是。那样的日子里，我会用毛巾塞住门缝，往脸盆里倒上开水，只呼吸那些水蒸气。

第二天早晨，我们注意到了这个女性世界里的骚动。微妙的反常，新的做事方式。比如那些站在浅滩上的男人们，手里拿着自制武器——绑在树枝上的刀，树枝是从森林的地上捡来的，海水轻拍着他们的膝盖。格蕾丝仍然没有接受他们的存在。我们坐在躺椅上看着他们的时候，她满怀希望地对我说道："如果有鲨鱼把他们给杀了，那可就刺激了。"

我心里有很大一部分，非常大的一部分，想要表示不同意。我看着卢托着格威尔的腋窝把他举起来，把他转来转去，直到那孩子叫起来，然后卢把他放到浅滩上，手指抚了抚他的头发，一边向他眨眼让他待着别动。看到爱可以被表达得如此坦率、如此彻底，没有任何不可告人的动机，这对我来说意味着什么，让人震惊又美好的什么。我发现自己躲进了屋里，在楼下浴室昏暗的蓝色光线中哭了一小会儿，把带着霉味的擦手巾按在脸上，好把哭声压低。当我带着哭红的眼圈回去，格蕾丝明知发生了什么，却没有发表任何评论。她只是转过脸去不再看我。

金更偏爱比长矛低调的武器。他是布置陷阱的行家，是使用绳圈和诡计的能手。他始终认为公然使用暴力有让人反感的地方。这就像是自找麻烦，会引起混乱。但男人们只不过是把亮闪闪的鱼装满篮子，然后送去给母亲，母亲接着把鱼烧了出来。鱼很美味。你不会知道它们经历过痛苦、挣扎的死亡。

我们在中午太阳升得最高的时候在草地上锻炼，于是母亲可以看到我们流汗。我全身都湿透了。我虚晃了一下，滚到地上，像猫一样舒展开身体，我伸出手臂接住斯凯，托着她的腋窝，轻轻地，轻轻地，尽可能快地把她放开。我向着房子转过身的时候，在一个黑暗的窗口瞥见一个身影。我向后抬起腿、抓住脚踝的时候又仔细地看了看。是卢，他在看着我们。绝对错不了。他看到我在看他的时候僵住了，但没有躲开。我又把身体转回去，以免惊动到母亲。我再一次成了同谋。

"俯卧撑。"母亲说道。我们下到地面上，我们测试了我们手臂的力量。我能做的俯卧撑最多——我能做十个、二十个、三十个，乃至更多，而我的姐妹们却在地上哼哼。我做着这些俯卧撑，希望卢能从中对我的身体略知一二，但当我再回过头去看那个窗口的时候，我发现他已经走了。

男人们也在别的时候盯着我们看。吃饭的时候，他们一边咀嚼一边盯着我们，他们用嘴嚼着食物。或许只要有一丁点机会他们就会把我们也给吃了。这些看上去饥肠辘辘的男人什么都可能做得出来。我最近吃得更少了，胃里觉得很不舒服。我们晚上做针线活的时候他们则看着我们的手。金已经不在这儿了，没有人卖护身符，但我们还是一直在做，因为不做我们又能干什么呢？母亲发现男人们在看，于是她也瞪回去，瞪到他们不看为止。我还没有掌握这个本领——我自己的眼睛总是在躲闪。卢总在微笑。他身上有种柔软的东西，我看得出来。

到目前为止，我的身体只是一件流血的东西，一件储藏着大量痛苦的东西，一件我并不总能理解的奇怪的器具。但受着那凝视的牵引，有什么东西冒出了头。我认为那是种本能，但还不确定在它前面加上"生存"二字是否够格。

时不可待，我告诉镜子里的自己，我的身上穿着条从斯凯的衣橱里翻出来的裙子，裙摆离膝盖还有好几英寸，很紧。我慢慢地从泳池的一边走到另一边，确保男人们会注意到我的靠近，这是一个尝试。

我走到我的躺椅边，脸朝下躺下。我在墨镜后面抬起眼，隔着闪闪发光的水面向卢休息的地方偷偷看去。我看着他的时候他把自己的眼镜推上去，向我眨眨眼，然后又把眼镜重新放下。我把脸埋在胳膊里。母亲已经在泳池头上架好了躺椅，紧挨着救生员的椅子，却拒绝坐到那张椅子里去。她仍然可以审视泳池两侧，男人那侧和女人那侧。她的头上优雅地裹着条围巾，皮肤上淌着一缕缕助晒油的痕迹。

压轴好戏：我坐起来，把裙子拉过头顶，只穿着泳衣站了片刻，佯装在察看森林边缘的上空。我的心扑通扑通地跳着，等待着有人发现我，等待着有什么撞倒我，总之我已经失去了勇气，我抱着膝盖跳入了水中。突然打破的寂静让斯凯号啕大哭起来，格蕾丝过去安慰她，于是当我浮上水面的时候他们正露骨地盯着我，手搭在彼此身上。

晚餐后我们一如既往地待在岸上，在逐渐黑下来的天色中往边境线上撒盐，这时母亲当着姐妹们的面扇了我几个耳光。一次是用手背，她手指上戴着的每个戒指都硌到了我的耳朵。然后好像还嫌不够，她又用手掌扇我。我举起拳头还击，竭尽全力地尖叫着。姐妹们立刻用手盖住了我的脸，捂住了我的嘴。

"你说禁止触碰！"我吼道，"你没说不能有眼神接触。还有什么是我不能看的？"

"别大呼小叫的，"母亲对我说，好像不是她先动手打我似的，"你们跟我来。"

她往房子走去，但在碎石滩前停了下来。她在潮湿的沙地上坐下，示意我们应该和她坐在一起。她握起姐妹们的手，甚至连我的手也握了，不过我得和斯凯分享。我的手叠在最上面，因为只是最后才被想起来的。房子和泳池的光在远处照出一条路来。

"我知道身为年轻女人是什么样的，"她对我们说，"什么能毁灭你们，我知道得一清二楚。"

我们等着她继续说下去。

"你现在的这种感觉是自然的,"她说道,这次是专门对着我说的,"想要看是自然的。"

格蕾丝笑了,一个短促的笑。

"停下,格蕾丝。"母亲对她说。她更用力地捏着我们的手。男人们在里面的什么地方,我不知道在哪儿。在我们的走廊上,呼吸着我们的空气。坐在我们的家具上,留下他们的痕迹。

"你们需要做一次爱的治疗。"她对我们说。她松开我们的手。"我把迎宾簿放在格蕾丝的房里了。等时间到了我会来敲门找你们的。"

除了迎宾簿,母亲还在格蕾丝的房里留了几条围巾,轻薄的丝绸面料,我们一抖它们就展开,垂落成大幅的正方形。"用这些盖住你们的身体,"一张条子上写道,"日光浴的时候把这些裹在身上。"我的姐妹们发起了牢骚,没错,这毋庸置疑是我的过错。我们躺在地毯上试用了一下这些围巾,它们大得足以把我们从头到脚都裹住。我扯掉我的围巾,有点幽闭恐惧。格蕾丝和斯凯看上去像茧一样,只有她们呼吸的动静,手臂的一下抽动,表明她们至少仍然活着。

玩腻了围巾后,我们爬上床,格蕾丝用悲伤的语调念起了迎宾簿上的内容,一条理由接着一条理由再接着一条理由。有关男人如何伤害女人的证词,关于旧世界的证词。我们以前都已经听过了,听过许多次,但我还是闭上眼睛,企图逃离它们,逃离她们的预言带来的不适和沉重。斯凯坐立不安,她想找到一个舒适的姿势,但根本没有办法舒适地听着这些。当我们想起其中一些女人来到我们这里时的样子,我们打了个寒战。比如她们已经流光了血,比如她们没有生气的皮肤。眼睛不由自主地泛着泪,头发稀薄。

我开始对我的丈夫过敏,他拒绝承认是他让我病得那么重。他说我是装的,说这不可能,即便当我咳血,当我的头发掉得堵住了水槽的出水孔。他整晚抱着我,天亮的时候,我身上被他碰过的地方的皮肤又硬又红。别的地方的皮肤也是。让我一个人待着,我恳求道,你不那么做不行吗?他带给我一点用都没的类固醇药膏和纱布口罩,每天早晨把我撇在床上浅短地呼吸。

"可怕!"格蕾丝读了半打或者更多这样的文字后说道。她把眼睛闭上片刻,缓慢地深深呼着气。这个反应对她来说可不太寻常,我受到了触动,更甚于那些文字本身带来的触动。迎宾簿里的内容基本上都过于抽象,对我构不成惊吓,但我当然是为那些女人和她们的痛苦感到难过的,也依稀明白这种痛苦是我所属的那种传统。

后来,我们讨论了对男人们的第一印象。吵。油滑。格蕾丝一脸嫌恶地皱起脸。我们都在拿他们和金作比较,他是我们唯一的参考对象,是我们衡量男人是否安全的准绳。他们都比他矮,我指出。这是好事,不是吗?他们的身体占据的空气更少。他们太阳穴上的头发总是被汗水浸湿。我没有提我看着卢毫不费力地舒展开双手弹钢琴时他的胳膊挨着我的胳膊的那种感觉，但我正想着那种感觉。我正在想着那种感觉，就被自己恶心到了。斯凯也加入了评论，她的评语是"友好"，格蕾丝为此感到愤愤不平。

"当一个人有所求的时候，友好是很容易做到的，"她告诉她，"等到他们把你喉咙割破的时候，看你还会不会觉得他们那么友好。"

"格蕾丝，"我们抗议道，"他们不会的。"她举手认输，看都不看我们俩。

当母亲赦免了我们，把手贴到我们的额头上估测我们的体温，并宣布我们暂时没事后，我淋浴了很久。我用两只手往头发上抹肥皂，让肥皂水流到眼睛里，作为我的忏悔。我用一条薄毛巾揉搓我的身体，用格蕾丝几个月前给我的一款厚重的香草味护肤霜滋润双腿，那是金在最后一次旅行中给她捎回来的。她并没有想要。她知道我会想要。

你为什么在乎？我问自己。自言自语是我最近几个月养成的坏习惯，随着格蕾丝变得越来越难接近——她总是把自己锁在隔壁房间里，一待就是好几个小时，在分分秒秒难以觉察的逝去中发生着改变。

既然我们已经被提醒过风险所在，母亲开始允许男人们和我们一起坐在起居室里。我和姐妹们沉着一颗心坐在沙发上——斯凯趴在格蕾丝身上，我则坐在角落里，一只膝盖蜷到胸口，假装在做缝纫。每当有人看我，我就漫不经心地把针刺进布料里。其实我只是又在偷看陪着格威尔的卢而已。

他们打牌时他在西装间忽隐忽现的双手，放下得太快以致模糊了形状。男孩赢了就大笑，他的父亲则轻柔地捶捶他的手臂。轻轻地，轻轻地。父亲，我难过了一秒，两只手紧紧揪着，任凭刺绣往下掉去。

结果证明"爱的治疗"对我毫无用处。卢把水杯举到嘴边。一缕黑发落到他的额前，他把头发捋回去。当他把水咽下时，他的眼睛闭上了一秒。我闭上了自己的眼睛。母亲和格蕾丝在为宝宝织着条纹图案的东西，斯凯在用牙齿、用拇指和食指挑着红棉线玩翻线游戏。我的姐妹们，起码是安宁的。

当卢离开房间，我感到一阵失落。我跑去浴室用水泼脸。笨蛋，我告诉自己，没有好处的。但他就在浴室外面的走廊上，身体探出窗外，窗开得大得不能再大。起雾的松树林，在白天渐渐消散的热气里现出剪影。

抛开这一切，我有时候确实会放开胆子，相信爱会来到我的身边，相信它会在某个地方找到我。它会从海洋或者空中到来。它会和不太见得到的印着字的塑料制品一样被冲上海岸，或者我会驾船去往边境，以某种方式将它吸入我的体内。我一直都是一个心怀希望的人。过分乐观，格蕾丝有一次这么说我。应该是在骂我。

卢看到我并不惊讶。他向我举起手，往旁边挪了挪，好给我腾出地方。我和他一起站在窗台边，将上半身探出窗外。他问了问那些山。它们在森林那头，离得很远，隔着低垂的云层，几乎不怎么看得见。我不知道要说些什么，不知道什么样的话能好到可以引起他的兴趣。他问我们能不能去山里看看，但那里都是会杀死你的动物，再说也不可能过去，所以我什么都不能保证，所以我无话可说。

"你妈妈对我们怪残忍的，"卢对我说，"但你不介意我们，对吗？"他舒展了一下他的胳膊。"我看得出来你不是个坏人。"

有一次，一匹狼差点扑倒我们。金割断了它的喉咙，把它的毛皮吊在森林里，作为对其他狼的警告。它看上去像一只巨大的猛禽，停在空中，保持着运动的姿态。毛皮下面是红色的丝绒，然后是层棕色。他把它挂在那儿直到腐烂，然后才把它砍了下来。

我能听到姐妹们在我后面的房间里，窸窸窣窣地说着话，很可能是在吵架。她们的声音是一种责备。我应该和她们一起待在那里，人多安全，我们的身体，就是我们的见证，某种防卫。那个男人又靠近了我一些，我也靠近了他一些，为什么不，为什么不呢，我实在情不自禁。他的皮肤散发着愈加浓烈的温暖气息。

卢转过头看着我。半张脸浸在阴影里，他的嘴隐匿着。

"你非常漂亮，你知道吧。"他说。

有什么堵住了我的喉咙。他向我的脸凑过来，将一缕头发拨到我的耳后，然后转过身走回到走廊那头，往起居室去了，没有再说别的。

我取回一杯水，在没有开灯的厨房里一个人喝完，看着云层盖过月亮，然后便出门去了花园，又接着去了海滩。我不停地走着,直到感觉到脚底下有沙子,然后我在摔倒的地方就地坐下,把双手插进沙子,仿佛要把自己栽在这里。水面光滑平静,在海岸上翻起一丝丝泡沫。我希望卢能出来找我,但那是不可能的。

我曾经养过一只小兔子,在床下的鞋盒里养了三周。我真心地爱着它。但一天早上,母亲打扫房间的时候发现了它。金把兔子带到花园里,往它身上一踩,就这么杀死了它。然后他把我的脸推到土里,我们头上的天空落着眼泪。

我父亲——他毕竟仍然是个男人——的暴力行为,也是万不得已。即便如此,我对爱的渴望还是威胁到了我的家庭。成为罪魁祸首真是糟糕透顶。母亲不得不用一锅泛着红光的加热过的盐熏我的房间。我从钥匙孔里看着,我现在也能回想起她的样子——穿着白色的衣服,高贵优雅,从一个角落走到另一个角落。

我们尽了最大的努力保护彼此——必然没有做到完美，但我们确实用心地努力过了。还有谁会为我们努力呢？如果不是我们女人，我们的母亲、女儿和姐妹，还有谁会愿意为我们躺进黄土？我们并没有自负到放弃走出那样一步。

我醒来的时候，悲痛让我的身体一无用处。最后我终于起了床，往脸上泼冷水来舒缓红着的双眼，这样母亲就不会让我用冰桶，不会让我在男人们面前丢脸了。刷完牙后，我往嘴里塞薄棉布并用力呼吸，然后再把薄棉布放到浴缸里浸着，浴缸里放了三英寸高的冷水。我让水安全地排走，一边躺在瓷砖地板上，未尽的曙光照进窗户，倾泻在我的身体上。

要乖，要乖，要乖。一次对我的身体的清算。拜托，一秒就好，我哀求着我的感觉，躺在那里，等待它们消退。

"男人们穿猎装，"我记得迎宾簿中这么写道，"男人们将武器储藏在家中的地窖里，拿鹿练手。我家乡的男人们，我家的男人们。所有人的父亲。你没法区分好男人和坏男人。"

"所以他们中还是有一些好人！"我喜悦地对着空气说道。

然后，母亲在楼下等我，她一个人在饭厅里，望着窗外，旁边是吃剩的早餐。我有点怕她，我刚过去的焦虑一定仍有迹可循，但她只是让我替她染头发。我们换了一身配套的灰色脏T恤，走到她浴室里那些被囤在窗台底下的染料盒前。

"快用完了，"她说，更像是自言自语，"下次我或许会试试用咖啡染头发。"她跪在浴缸边,因为膝盖受了力而皱了一下眉。她的脚,脚掌朝上对着我,皮肤的纹理里深深地嵌着土。我摸了摸印在盒子正面的女人的脸,把瓶子里的东西混在一起,再把染料挤进什么都没戴的手里,黑色的凝胶状的染料。我准备好了迎接又一顿训话,但母亲只是在我帮她按摩头皮的时候叹着气。我用莲蓬头给她冲掉染料的时候,她毫无怨言地弯着脖子,露出脊椎,直到冲下来的都是清水。与其说珍贵,对我来说她更加脆弱。她曾经也是什么人的女儿,或许她现在就是在试图提醒我这一点。女人们在脆弱上是相通的,她的脖子看上去像是一件可以折断的东西。没有任何关于男人的话题,这一次没有。

后来我又去了露台,发现格蕾丝已经在那儿了。我在她身边坐下,她动了动,但什么都没说。我戴上我的墨镜,蜷起光着的腿。我低头看指甲和手掌的时候,发现那里沾到了染料。今天、明天,直到我把皮肤洗得脱皮之前,每次用手的时候我都会想起母亲。

"你感觉怎么样?"她终于问道。她在吃干巴巴的梳打饼干,碟子上还有半打,摆成半月形。她没问我要不要吃。

"挺好。"我说。

"没有生病?"她问道。她把半块梳打饼干放到舌头上,就把它留在那里,也不去嚼。"你浑身上下都是他们的味道。"

"你也是。"我指出。

"才怪,"她说,"他们说话的时候我一直都注意着跟他们保持距离。这又不是什么难事。"

"好吧,我感觉挺好,"我说,"从没这么好过。"我悄悄地把手贴到额头上。我比平时烫了那么一点点,发烧的迹象。

"我们不能抱着侥幸心理,"嘴巴刚腾出空来她就说,"我想让他们走。"她摸了摸她的肚子。"我们不需要他们。"

"你觉得别人什么时候会来找他们?"我问道。

她耸起肩膀。"说不定根本没有人会来找他们,"她说,"如果能不来谁还会来?"一丝怨恨,一闪而过。

"别人"是指更多的男人吗,他们会坐着笼罩在阴影中的船到来?我想要问她,但我兴奋又害怕得问不出口。

我看着天空,一直看到视线模糊,我又看到一只鸟。只有隐隐约约的踪迹,鸟在很远的地方,天空中出现一道犀利的光芒。

"格蕾丝。"我小声唤道。

"又怎么了?"她说。于是我指着我们头上那只奇怪的鸟飞过的痕迹。她坐起来,冷静地看着它,直到它飞出我们的视线。

"哦。"她说。

"我们应该告诉母亲。"我说。

"以后吧,"她回答道,"没事的。"她现在变得和蔼可亲了,但这只会更加伤人。她放下躺椅,好完全平躺下来,她把碟子放到大腿上,她隆起的肚子下面。如果她突然动一动,碟子就会掉下来摔碎。但我没有把碟子从她身上拿开,没有把碟子放到桌子上去，我只是看着它随着她的深呼吸轻微地晃动，吸气，吐气，直到我再也无法忍受为止。

每当我想到我非常孤独，那种感觉便变得愈加凄凉、愈发真实。你可以光靠想就让事情变成现实。你可以把它们凭空创造出来。

天变得更热了。我撇下我的姐姐，让她继续躺着。我下楼穿过闷热静止的房子，循着我那条经过碎石滩和岩屑堆的老路出门去了岸边。找点事做，什么事都好。沙地和树木交汇，滨草让道给了桦树和松树带来的凉意。一个过渡地带，在这里，来自一览无余的天空的热气转变成了某种受遮蔽的东西，某种隐秘的东西。

我用手拨开荒草，感觉到了荆棘和荨麻的刺痛，但没有在意。哪儿都可能有蛇，它们张着过大、露着毒牙的血盆大口。我总是时而觉得自己不可战胜，又时而对死亡怀着一种病态的恐惧。我们全部的人生都围绕着生存，于是我们比大部分人都更长于此道也显得理所当然。傲慢，如果金还活着，他会这么评价这种态度。我在森林里的时候，仍然会小心留意着任何可能是他身体的东西。或许是哪条毒蛇放倒了他，或许曾有哪个未知的敌人埋伏在了树丛间。

荒草地很快就到了头，取而代之的是空旷的地带，一块又一块光秃秃的土地。我放慢脚步，以防碰到弹簧还没弹起的陷阱，小心注意着做过标记的树，它们能告诉我哪儿能去哪儿不能去。我很快就看到了第一棵有警告标记的树，树干半截处有几个半圆凿横挖出来的凹槽。然后我等了一会儿，坐在空地边缘的一段树干上，我的勇气正在消失。苍蝇一直在冲着我脸上飞。

一记声响让我转过身，是卢踏上了空地。他一个人。允许我们进入的森林范围毕竟很小。他一定是跟着我来的，一定是看到我失魂落魄地走出了房子，看到我走到了海边。他抬头看了看我们头上的树叶，那些绿色的光影。远处某个地方有什么吱吱叫着，鸟或者啮齿动物，我没法分辨。

"森林的尽头在哪儿？"他问道，懒洋洋地靠在一棵树上。我没有感到害怕，虽然我知道我应该害怕。

"要一直到山那头了，"我告诉他，"但我可以带你去看我们能去的地方。"

我们走了一小会儿，有凹槽的树变得更多了。我感觉到卢的手在我的头发上、我的头上。我突然停下，卢一下子撞到了我身上。

"一只蜘蛛，"他说，"我帮你掸掉了。我阻止了它爬下你的脖子，我救了你的命。"他慢吞吞地把蜘蛛拿走，让他的手垂在身侧。

我们终于走到了第一条带刺铁丝网筑成的边境。铁丝没完没了地交织在一起，结成的网比卢个头还高。因为金比卢高，而金是按着他自己的尺寸和他自己的规格来筑网的。

"这网没通电？"卢问我。我摇了摇头。他径直走到网前，小心翼翼地摸摸倒刺周围，又摇了摇网。网已经生锈了。我已经有很久没离网这么近过了。网的另一头——隔着网看过去——和我们这头没什么两样。

"如果我问你这所有一切是为了什么,你会告诉我吗?"卢说。我摇头的时候他笑了。"我也这样觉得。"他放开铁丝网,用脚轻轻地踢了踢。

"再带我四处看看。"他请求道。于是我和他沿着这条铁丝网边境走着,铁丝网的铺设和我们领地的边界平行。没过多久,我指了指远处,那里能看到我们粉刷过的房子,闪耀着白色的光芒,稍稍架高过。我们在房子的背面。我们的脚踩乱了松针和土块。

"我们能从那条路回家吗?"他问我。于是我们换了个方向。当铁丝网已经在我们背后好几米远,接着又隐匿到树丛中时,我感觉挺高兴的。卢在我身边走着,落在我后面不近不远,刚好能让我后脖颈上的汗毛竖起来。有那么片刻,我好像恢复了意识,想起了我们在哪儿,想起了他是一头我一无所知的动物。他在格威尔身边时显得温和、柔软,但这并不意味着他是个温和、柔软的人。他可能在口袋里藏着刀,藏着用来塞住我嘴的碎布条。任何东西都有可能。我做梦都想不到的杀人方法。

"你走我前面。"我告诉他。他在我面前笑了出来,他停下了脚步。

"你是在怕我吗?"他问道。他走近了一些。我可以在发际线上感觉到他的呼吸。

"没有。"我说。

"那就好,"他说,"你不用怕我。"他动了动,仿佛是要握住我的手,但又觉得不要那么做比较好,于是手臂又摆回到身侧。他转过身又走了起来,这一次走在我前面,领先了我整整一步的距离。他吹起了口哨。

我偷偷地看着他,想着怎么用坠落的树枝打他的头,把他打得一口气都不剩。我可以把带刺的铁丝绕在指关节上,万一发生什么。但接着我听到一声"快跟上",是他在回过头叫唤。于是我照做了,违背了自己的意愿。我的双脚挪开了步子,仿佛他才是它们的主宰。突然之间我很想哭,但我知道我一定不能哭,不能在他面前,不能在这里哭。

没过多久,我们爬上了那堵旧石墙,墙那头是个斜坡,一直通到房子背面。曾经打理得干干净净的花圃,现在成了一堆乱糟糟的玫瑰丛。斜坡顶上有个死水塘,一个蚊子滋生的地方。我在途中摔倒在了斜草坡上,他没看见。我把双手撑到美丽的土地、青草和树叶上,我想要留在那里。

水塘边,他把整朵整朵的花冠捧在手心里。他把花的种荚抖出来,指尖上沾到了花粉。

"这些叫什么?"他问了我好几遍。我说了我知道的那些名字。他在一堵爬满了常春藤和金银花的墙附近停下来。

"很浪漫。"他说。他对我笑笑。那味道太甜了。他从石头上扯下一朵花递给我。"送给你。"

我让花径直掉了下去。为了不沾上腐烂的气味,我改成用嘴呼吸。我们周围的植物被它们自己的汁液熏得透不过气。他又递给我一朵,这一次我看着他大得过分的手,接过了花。

"瞧。"他说，一边在墙后面跪下。"到这儿来。"他看到了地上的什么东西，但我不知道是什么。当我在他身边蹲下，想看得更清楚一点的时候，他用胳膊搂住了我，而我没有试图挣脱。我的身体是个叛徒。我也是个叛徒。

他向我靠过来，把他的嘴贴到我的嘴上，贴了一秒。他挪开的时候我看到了地上的东西，是一只老鼠的尸体，刚死没多久。我在犹豫要不要把他的毒素吐到地上，但我还没能做出决定，他就又吻了我一下。然后他笑了，把他的额头贴到我的额头上，贴了短短一会儿。他站了起来。

"可怜的东西。"他说。他是说老鼠。有什么东西把它的喉咙扯了下来。他踢出来一小堆土和叶子，把它们盖在老鼠的尸体上。我用手背擦了擦嘴唇。我感觉嘴上沾满了血，脸被打了似的。

"现在该你走我前面了，"卢说，"谁知道你刚刚跟在我后面的时候，是不是一路都在盘算着杀掉我？"

当我们走到房子背面的时候，我带着他走进了宴会厅油漆剥落的门，走进了房间阴暗的内部。之前没有人看到我们，现在也没有。我们一起走过昏暗的走廊，正在落山的太阳在墙上投注了一层层的余晖，他颀长的身子和我保持着一段安全的距离。我们没有再触碰对方。

"我想单独见你。"他说。他可能会用一样的口吻说，我想去游个泳。

我最终还是把聚集在舌头下的口水咽了下去，想象着一股深色的糖浆向着我胃部的某个地方滑去，平静得让我吃惊。

上床睡觉前，我把牙齿刷了四遍。当我第一次往水槽里吐口水的时候，口水里只稍稍带了一点血。等刷到第四次的时候，吐出来的已经大部分都是血，我不知道这是他的错还是我的错，牙刷在我的嘴里戳来戳去。然后我用淡水漱口，因为不想冒去厨房拿盐撞见人的风险。我不停地漱啊漱啊，直到确信每一点每一滴的毒素都已经被冲进了下水道。可我没法漱掉那种感觉，抛开一切不说，我也不想漱掉。血止住的时候，我露在外面的牙龈显得非常苍白，但别的什么都没有变。

　　我应该要考虑一下赎罪。但我脑子里全部都是他第二次吻我时，他把一只手垫在我后脑勺上的样子，仿佛是在有意识地把我扶住。他是对的，我确实觉得我就要摔倒了，天空都在摇晃，好像我就快醉了，好像我正在什么地方的边缘——他是怎么知道我有那样的感觉的，他是怎么知道要把我扶住，因为我倾斜的身体，我睁大的眼睛？

　　黎明的时候，我觉得我听到那只奇怪的鸟又飞了回来。它的歌声是一种贯穿天际的经久不息的呼唤。但等我看出去的时候，外面什么都没有，没有鸟，这会儿也没有任何声响，不过我肯定那不是一个梦。我回到床上，把双手紧紧合在一起，把手夹在膝盖之间。我数到一百、两百、三百，我手上的骨头在动。最后，一种尚能忍受的疼痛终于把我送入了梦乡。

我最初的策略是像男人一样行动。为了设法让自己变强壮,我让自己接触坏的空气,照旧躺在我习惯去的公园长椅上,将上衣拉起一两英寸,把肋骨露在外面。我让自己把嗓门扯得更响,这样人们就会皱着眉避开我。我一边叫骂一边走路,走得跌跌撞撞。

我们以前监视过母亲和金。只有他们两个人共进的每周例行晚餐，然后他们像鸟一样在沙滩上互相啄着对方，在躺椅上抱在一起；然后他们一起上楼，在楼上他们不允许有任何打扰。他们的身体在公共场合里的举动和私下里的举动一样重要，一种告诉我们他们依旧非常相爱的证明。这样的惯例让我感到安慰。一种有计划的亲密，极其有规律地重复着，母亲解释说在一个完美的世界里，这就是亲密该有的样子——永远不会让人难以应付，永远不会缺少欢乐。小份小份的爱，像礼物般握在手心里。

早晨的时候，我看着他，母亲则看着我。她可能猜到了我的心思，我是在想"单独"的可能性。早餐结束后，大家陆续走出去，而她让我留下。

"你要生病了，"她对我说，"你得关禁闭，一个人待到下午。"

"我觉得我没事。"我对她说。她皱了皱眉，把体温计从放在餐具柜的盒子里拿出来递给我。我让舌头一动不动地贴在体温计的玻璃上。

"如我所料,"她对着亮光举着体温计,抓狂道,"你跟他们待在一起的时间太多了。你什么时候才能学会照顾自己?"

我跟着她去了卧室。我们去了她的卧室,而不是我的。

"用铁块冥想,"她对我说,"坐在地上,看着它们。"

她走出房间,把我锁在了里面,于是根本不可能出去。我盯着那些铁块,盯到眼泪都流了出来。就连我都对我自己没有耐心,对爱这一麻袋组成的我的骨头和五脏六腑没有什么真正的兴趣。

可是——在花园那儿,他裤子膝盖的地方沾着泥,我的身体在踮起的脚掌上找到了平衡,并做好了随时跌倒的准备,那里有着某种让人耳目一新的东西。我在一股暖流中意识到,或许对我而言,爱终究不是一个禁区。而是一个机会。

我知道如果没有触碰我会死,我已经知道一阵子了。总之,感觉我总是比其他人需要更多的触碰。她们躲开我的时候,我的手在她们的肩膀或者头顶擦过,因为我没有分到任何人。我不是任何人的最爱,已经有一阵子不是了。曾经有一连好几天、一连好几个星期没有任何人碰我。当这发生时,我能感觉到我的皮肤在渐渐变薄。我不得不让身体贴在草上、天鹅绒上、沙发的角落里,不得不用手、胳膊肘和大腿蹭着些什么,直到蹭破了皮。

后来,禁闭结束以后,我回到了自己的房间,一张纸片卡住了门。地毯上有张便条。纸是从接待处的迎宾簿里撕下来的，带着淡金色的横线。纸的一面用蓝色的斜体字写道：
"谢谢你们向我敞开家门。"另一面则涂着潦草的黑色字迹：
"今晚在泳池见我，晚一点。卢。"

他曾经观察过哪间是我的房间，我不敢相信地意识到。
我把便条读了五遍、六遍、七遍，然后笑起来，不出声地笑，
直到我不得不把脸埋在枕头里压住声音。

做晚祷的时候，我直视着母亲的眼睛，从头到尾一直看
着她。她似乎很满足，对我笑了又笑。要取悦她很容易，有
时候是这样。

"为受伤害的女人们祈祷，祈求她们获得力量和平静。"
我们说道。

"爱我们的姐妹和家园。"

"为我们的母亲祈求健康。"她将手掌按在胸口，以示
强调。

现在又有了新的内容。

"我们祈求保护，以免男人们的身体对我们造成伤害。"

"我们祈求男人们的好心肠，祈求善意。"

一只玻璃瓶从天而降。我们排成一行。母亲把一支滴管
放在我们的舌头上，一次一个，甜味在上颚蔓延。她把大拇
指按在标签上，于是我们看不到上面的字。

"你们离他们远点，我再怎么强调这一点的重要性也不为
过。"她对我们说。但她之前就错了一次，她也可能会再错一
次。今晚我的心中毫无愧疚，这次破例。

我老远就看到了灯光下的他,在泛着光的水中仰泳。我穿过沉睡中的房子,走过我姐妹们的卧室,没有发出一点声响。我这颗背叛的心,响亮而真实地跳动着。我们在泳池边有点太显眼了,但我还是悄悄地钻进水中,去到了他的身边。他沉到水下,我也沉到水下,睁着眼睛看着。他的脸颊鼓鼓的。他吐出空气,空气在水里变成一连串的泡泡,淡蓝色的。他的脸在那奇怪的光线里显得苍白,反着光。我伸出手,握住了他的小臂。

"嘿!"我们回到水面上,分开时他轻轻地说道。

"嘿。"我回道。

我们在身上裹上毛巾,走上了沙滩,走得很快,直到房子消失在夜色里。在海滩尽头岩石间的潮水潭里,卢抖开他的毛巾,为我铺在地上。他示意我坐下,于是我坐下了。我觉得冷,肾上腺素激增。他坐到我旁边,很从容地,又用手臂搂住了我。"这样可以吗?"他问道。

是的,可以。我试着不去想毒素像朵云一样飘离他的口腔,不去想接下去会发生什么。还有时间制止这一切发生,但我的好奇心已经让我走得太远。我的皮肤红润,我最擅长运动,我比我的姐妹更高、更强壮。我大腿上一丝不苟的痕迹是一种保护,一定、一定可以让我在这里坚持上一小会儿。我们面前的海面没有起伏、没有尽头,碎裂的光线划过天际,像一个掉落的玻璃杯。他吻了吻我头的侧面,他的嘴落在我湿漉漉的头发上、我的耳朵上端。

为什么我突然想哭?是因为所有我曾经想要的都一下子

发生在我身上了吗？我抓住他的膝盖，以某种我能够控制的接触。我想把世上的所有一切都搂在怀里，我想要搂住整个宇宙。

这样可以吗？他又问了一遍，把这个问题变成了一句口头禅。他对我温柔得有点夸张。我突然想到我可能也是一种新的事物，需要谨慎地对待。

我想到了那些女人和她们描述的事情，我本不应该听到的事情；想到了跑步时我腿部拉长的肌肉，我运动中的身体，弯曲的手臂，拱起的躯干。那个动作所带来的令人震惊的愉悦，毫不复杂。

我为我肮脏的指甲、粗糙的脚后跟感到难堪。但最终，在黑暗里，在咸湿的空气里，这一切都变得无关紧要。

我在随之而来的寂静中冒出的第一个念头，是我活了下来。既小又大的胜利。我对触碰的渴望变得更强烈了，但他已经翻过身，仰脸躺到了沙滩上，他的手已经放开了我。

当男人们来到或者如果男人们来到，金暗示说那就意味着我们的家会被烧成平地，我们的血会飞溅到岸上，在泳池的水里散开。我认为我们的父母，怀着对我们的爱和担忧，一定是搞错了。他们太老了，他们的心已经枯萎。那不是他们的错。同情在我的心中蔓延开来，仿佛我突然理解了一切，变得仁慈起来，仿佛再也不会有不好的事情发生。

可是，当我回到我的浴室，我发现我的白棉内裤染了血，有那么几分钟时间，我很害怕我终究还是难逃一死。血和我感到的疼痛——很轻微，可以直接忽略——似乎不成比例。我没有人可以告诉，没有人可以询问，于是我在脑子里过了一遍别的症状，检查手背上的皮肤，我眼睛里的玻璃体。他的手放过的地方——锁骨、我的手臂上端、我的脸颊，只是短短一瞬，虽然我当时看不到他的眼睛——没有任何痕迹。血很快就止住了，于是我宣布自己暂时脱离了危险，即便我在镜子中的脸仍然苍白。

我也有了亲密，现在那种亲密又消失了，留下一个潮湿滞重的空洞。我突然感到前所未有的孤单，一种比实际的疼痛更糟糕的尖锐的痛感。我在脑子里回顾了一遍事情的经过。我想着他身体的每一个动作，甚至在疼痛中也存在着某种让我感到需要和熟悉的东西，一种对我自己的缓慢的拼凑。我的分析还有缺失的地方，还有太多的缺漏。有那么一瞬我想要去问问我的姐妹。但接着，在一种激动人心的深深的恐惧中我意识到，在这方面我已经走得比她们更远。我获得了一种她们所不了解的知识。

有一件事我可以肯定——他要比他目前为止所表现出来的更加强壮，他要比我强壮得多。之前我是最强壮的那个，在金去世以后、卢到来之前的短暂的时期里，没有男人的假期。有那么一瞬，我感到一阵失落。

直到我离开浴室爬上床的时候我才发现，格蕾丝正在经历一件可怕的事情。隔着墙传来的声响，像濒死的动物，像在空中被逮住的飞鸟。有那么一瞬我不敢去看发生了什么，但我紧接着想起她是我的姐姐，她的生命就是我的生命，即便她的门关着，即便我们允许彼此拥有小小的隐私，也守护着这些隐私，因为母亲觉得它们无关紧要。于是我不断地推门，直到把门推开。我的姐姐坐在地板上，靠在床边，她的身体佝偻着。床褥湿透了，被染成一条条的鲜红色。宝宝要出生了。她对我露出龇牙咧嘴的样子，于是我知道我得跑起来。

我飞奔过走廊去找母亲，一路上无时无刻不在想着格蕾丝的痛苦，她的痛苦的白色漩涡将我们紧紧地连接在了一起。我心里的某个地方还有一种愉悦，因为她不可能再轻易地把我甩开，因为我们的姐妹情谊要深过任何她能够控制的事物。卢被抛到了脑后，他流畅、结实的身形对我的吸引力完全比不上我跌坐在地板上、几乎让我认不出来的姐姐——她此刻完全是头动物。我握紧拳头让指甲嵌入手掌，以此来感觉自己的疼痛，仿佛这样做便能对她更加感同身受似的。但那是无法感同身受的，就连我都知道，但我仍然在尝试。我查看手掌的时候，看到了皮肤上新月形状的印迹，我为此而觉得感激。

我每天都会从他身边经过，每天他都会隔着车流向我吼叫，每天我都会在他的吼叫中失去力量。我戴上耳机，用围巾裹住耳朵。他叫得更响了。他直接走到我面前，好让我读懂他的口形。我每天都幻想着杀掉他，那感觉出奇的好。

母亲一直都在准备。装热水的桶,一摞一摞的床单和毛巾。新的祷词,新的词汇,"摇篮"和"产后"。当我把格蕾丝摇醒的时候,她甚至不需要我解释发生了什么紧急事件。我帮母亲把毛巾、枕头、一把剪刀和一把袖珍折刀拿到格蕾丝的房间。我们敲了斯凯的门,没有去通知男人们,然后从里面锁上了格蕾丝的门。

"宝宝,"格蕾丝对我说,好像周围没有别人似的,"我梦到了宝宝,我梦到是个男孩。这还不算。"疼痛显然蔓延过了她的全身,像水流一般。"我梦到宝宝没有嘴巴,"她告诉我,"我梦到我们把他埋到了森林里。"

"别说了,"母亲说,仿佛她曾经见过这一幕似的,或许她真的见过,"等你抱着你女儿的时候,你什么都会忘掉的。"

女儿,女儿,女儿。她正从很远的地方赶来,沐浴在光芒中。我们急不可待地想要见到她。

"帮帮我,"母亲命令道,"我们得把格蕾丝翻个身。"

我们立刻伸出手去接住她的重量。我想起了我们每一次面对大海的祈祷,那些都是应对灾难的练习,而她沉重的身体又和我们一直等待着的灾难何其相像。

母亲绑起了她的头发。她颈窝那儿有个拇指大的血印。

*

现在宫缩已经挺厉害了,那一阵阵的收缩让格蕾丝的身体做了一些脱离了她控制的事情。她看着我的时候四肢都在颤抖。

"我希望死掉,"她对我说,然后她和母亲对视了一下,"我希望我终于可以他妈的死掉。"

"别说了。"母亲又说了一遍,她的双手没有表现出任何仁慈。格蕾丝闭起眼睛,泪水从她的脸上滑落。

接着夜幕完全降临。格蕾丝发出一声刺耳的嚎叫,在她这最后的爆发之后,那个小东西终于降生了——浑身是血,没有一点声音,连在一根长长的绳子上。母亲碰了碰那小东西的嘴,擦拭掉那青蛙般的身体上的血。在灯光下,那皮肤下的血是蓝色的。格蕾丝躺在那儿,喘着气,非常虚弱。

母亲把嘴贴到宝宝的脸颊上,试着把空气呼入那孩子的肺部。但不久后她就放弃了。她拿起剪刀,剪掉了那根绳子,把宝宝裹在毯子里,然后送到了我怀里。

"我能看看她吗?"格蕾丝问道。母亲向我点点头,于是我把那小小的身体送到床头。格蕾丝看了看,然后把头转向一边,眼睛里流出了泪。

"拿走吧。"她说。

在今天之前，斯凯是我唯一认识过的宝宝。像虾一样红，很吵。她把手放到我们的嘴里，用她小小的指甲抠我们的口香糖，什么都想看，什么都想知道。即便当她的四肢长长，已经能够对事物有所感觉，当她自己的想法从她自己的嘴中脱口而出，既让我们也让她自己感到震惊的时候，我们还是没法摆脱她是个婴儿的观念，没法摆脱对她的第一印象。格蕾丝来到我生活中的时候已经完全成熟了，或者更确切地说，是我来到了她的生活中，我们之间的任何距离都需要建立，需要争取。斯凯不一样。我们很难拒绝她什么东西，想让她始终做个孩子，始终安全，我们也是这么做的，我们知道她全然地属于这个世界，知道母亲和格蕾丝，甚至还有我自己在母亲肚子里晃晃荡荡的小小的身体，都没有完全摆脱掉那另一个世界。但斯凯的血是无可指摘的，生来就不含任何毒素，未曾遭受过任何损害。

*

斯凯和我走近黑漆漆的浴室，胸前抱着一动不动的宝宝。我关上身后的门。我们坐在冰冷的地砖上，我一边想着要干些什么。我的手在门和电灯开关上留下了血痕。我亲手为宝宝清洗的时候，斯凯靠在浴缸边上。她从头到尾都表现得安静并且顺从，让自己能帮上忙。我偷偷打开毯子，有点期待能看到鱼鳍，而宝宝看着我，面无表情。我发现了几乎更糟的事情——那是个男孩，虽然母亲说过那不可能。趁着斯凯还没看到，我赶紧把宝宝重新包好，包得比原来更紧。

这个宝宝没有名字。在出生前取名不吉利，母亲这样告诉我们。把那样的重负压在这么个小不点身上是不吉利的。

"让我抱抱。"斯凯请求道。我担心她会不高兴，但当我把襁褓轻轻地递给她的时候，她毫不犹豫地吻了吻宝宝那小小的脸颊。我们一起捋顺了宝宝头上仍然湿着的头发。

在门的另一边，我们听到格蕾丝的声音响了起来，一声大叫，然后又安静下来。我们在等待母亲告诉我们一切平安无事。等了很久，我的胳膊都酸了，但我始终没把宝宝放下，直到母亲打开门，伸出胳膊把宝宝接过去，并让我们也进去。格蕾丝正在睡觉。我们在昏暗的光线下从她身旁走过，仅仅靠着角落里的一盏灯照明，她的头被蒙在被单下，我们走出房间进了走廊。母亲关上我们身后的门，一句话也没有说。男人们——无论他们此刻在哪儿——明事理地没有发出任何声响。

我们一到我的房间，我就坚持让斯凯进到浴缸里。我和她一起在浴缸里坐下，我用尽力气拧开水龙头，让水淋在我们的皮肤和头发上。斯凯转过身背对着我，我为她冲洗她的长发，往她的头发里抹上一把肥皂泡。等我们洗得够干净了，她蜷起身体躺在我的床尾，几乎立刻就睡着了。我们头上的天花板又高又宽敞，空气闻起来不太新鲜。我看了她一会儿，外面的天空又开始亮起来，她湿漉漉的头发滴下环状的水渍，向外渐渐晕开，将底下床垫的花纹渐渐洇了出来。

有一天我看着我的丈夫，心想，你会把他们打趴下吗？如果他们袭击我的话，你会挥着胳膊站起来吗？我经常想到被袭击的事情，虽然这个"他们"非常模糊，总是在变。一旦我动了这个糟糕的念头，它就会在我的脑中挥之不去。我在他睡着而我醒着的时候想。不会的，有一天我意识到。他会躺下，让他们动手。

一大早，母亲没有敲门就打开了我的房门，她看上去累坏了，格外憔悴。她和我对视了一下，一言不发，只是用动作示意我跟着她到走廊上去。她伸出手碰了碰我的脸，只碰了一秒。我能在她身上看到自己的影子，她鸟翼般的颧骨。"你有多爱你姐姐？"她问道。当我大大地张开手臂表示"这么多"，她点点头。她凑近我的耳朵，让我替她做一件事，说得很轻。

我先是在浴室灰暗的光线里用冷水泼了泼脸。

"为什么是个男孩？"我问她，被她的请求激起了勇气。

她说那不是男孩。毫不含糊。那保准就是那样。

我紧紧抱着宝宝，穿过房子出门到了海滩，不敢打开那沾着血渍的布。尽管我疯狂地清洗过自己，我还是觉得身上的什么地方仍然沾着血——我能闻到，也能感觉到。我害怕有一天会有一个我们无法摆脱的污点，那对我们来说将意味着终结。我害怕我身上某个地方有属于卢的、在我身上干掉的汗水，有我尚未洗掉的有毒的泥土。我意识到这是几个小时来我第一次想到他。

请让我活得清清白白、问心无愧。请不要再让任何东西触碰我，除了他，因为没有他我肯定会死。这是我将宝宝永远带离我们的房子时做的祈祷。

毯子中间那团冰凉的东西，还没有我有次从一个空房间里找出来的玻璃镇纸大。不要把注意力放在那上面，这很重要。

我把包好的宝宝放在船底。天还没有热起来，海天交接的地方起了一层清凉的晨雾，但我很卖力地划着船。换作平时我会害怕，但现在完全没有害怕的工夫。我的身体还在因为昨晚的事情疼痛着。我知道灾难无论如何都可能发生，知道一切都没有保证。汗水掉进了我的眼睛，光折射在上面，世界瞬间在我周围爆炸开来，而我对此表示欢迎。我尽量壮着胆子靠近浮标线，水面一动不动，我轻轻地最后一次抱起了宝宝。

"我把他交还给您。"我对大海说道。我把胳膊伸进水里，直到海水没过了胳膊肘，始终没有得到回音。那小小的包袱落入了水中。海葬。唯一高尚的选择。

返回海岸的路上，我在仔细考虑后觉得停一会儿是安全的，于是便放下桨哭了起来，哭得比以往任何一次都厉害。比第一次被竹蜈割伤哭得还厉害，比那次摔跤摔断了脚踝哭得还厉害，比那次在太阳底下睡了好几个小时把皮肤都晒得开裂，母亲往伤口上浇盐水以防伤口感染哭得还厉害。我把双手按到眼睛上，发出一声让我自己都害怕的声音。我让自己蜷缩起来，这样可以让悲伤变得好应付一些。我们的家赫然出现在了岸上，很久以来第一次，或许是我生命中的第一次，我不想回去。但我想了想我其余的家人，她们在等我。我想了想卢，或许他也在等我。于是我还是回去了。

午餐后，格蕾丝已经恢复到可以下楼到起居室来了。我们一起走过走廊的时候，我的手一直护在她的胳膊肘附近。下午的光线挥洒在我们的脚边。男人们也在，三个人都瘫在椅子里。他们把装得半满的玻璃水杯——上面一定留下了他们的唾液和汗液——留在了边桌上，在坐着的地方踢掉了鞋子，曾经属于金的衣服和鞋子。

"你感觉怎么样？"詹姆斯忧郁地问道。他站起身，向格蕾丝伸出一只手，而她终于握住了。他把另一只手放在她的手上面。"听到那个消息，我们深表遗憾。"

"我感觉很糟。"格蕾丝告诉他。她可不会假模假式地配合他。

"嗯，"詹姆斯说，"人之常情。"

我站在窗边，把窗开得更大了些。格蕾丝带来一副棋盘，我们把棋盘摆在一张可以吹到风的桌子上。格威尔看着我们，他的眼神既灵敏又警惕，仿佛在等着我们做出某种暴力的举动。我确实有一瞬想把棋盘扔到地上，嗓子眼里几乎就要爆出一阵狂笑。卢坐在那里，感觉到了什么，他向他的儿子伸出一只手。"过来，格威尔，"他说，"你碍事了。"他一把将格威尔拉进怀里，只用一只胳膊搂着他，然后又放开了他。

"我们煮了咖啡，"詹姆斯说，"喝一点吧。"

我从已经凉下来的咖啡壶里倒了一杯，加了许多糖，准备和格蕾丝分享。格蕾丝毫无怨言地喝了。詹姆斯看着大海，而卢则把椅子拉到我们的棋局边，看我们下棋。格威尔也一起跟了过来，但很快就失去了兴趣，在沙发后面趴了下来。

"走你的车。"我看着棋子，因为卢靠得如此之近而无法动弹的时候，他用手挡住嘴对我耳语道，但声音响得谁都能听见。

"这不公平，"格蕾丝说道，"不许作弊。"

"轮到你的时候我也会帮你的。"他对她说。

"我不要你帮。"她回答道。

我没有走车。我发现如果我走马的话会让局势对我更有利一些，于是我走了马，将棋局逼入了将军的局面。

"瞧瞧。"卢说道。他仍在微笑。我转过头去看海，试着找到我把宝宝送走的地方。柔韧的水面总是千变万化。我几乎觉得那就从来没有发生过，这让我感到一股希望，希望有一天我真的会觉得那从来没有发生过。

母亲来找我和格蕾丝，斯凯已经在她身边了。男人们看着我们离开，但没有跟来。我们在天空碧蓝如洗的下午做起拉伸运动，弯下腰，用指尖拂过草地。格蕾丝坐在边上的一条长椅上，坐在木兰树下。

母亲让我们所有人都在地上躺下，就连格蕾丝也不例外。泥土很湿。她让我们闭上眼睛。她将一条厚重的床单盖在我们每一个人身上，从头到脚地盖住。新招数。

"看在你们那么悲伤的份上，"她对我们说，"你们可以在那底下哭。五分钟。"

于是我们那么做了。

之后我在房间里打盹，累得筋疲力尽。等我拉开窗帘——深深的睡意仍然让我困得睁不开眼，外面天色还亮着，这时候我看到一件不属于我们的东西在海上，在波浪间漂浮。

我跪在我床边的抽屉前，把所有东西都翻了出来，直到找到我的双筒望远镜。然后我跑上楼梯，跑过顶楼的走廊，一直跑到露台门前。我的手在门闩上打滑，但最后终于跑上了露台。我直接奔到栏杆前，把身子尽量探出去，担心那东西在我还没看清前就沉了下去。

幽灵。我从双筒望远镜里看出去，几乎立刻就因为反胃弯下了腰。我庆幸它还离得很远，绝对不可能漂到我们这儿来。那也不可能是宝宝的幽灵，它太大了，上下浮动的样子让人觉得毛骨悚然。我没法盯着它久看，不管是放大了看还是不放大了看——已经辨识不出人形，但是更加危险，某种将要被冲到我们岸上的东西，浮肿着，浑身是病。

我还不是这些东西的专家。我跑去格蕾丝的房间，她也正在房里打盹。她仍然苍白得很，没有一点血色，但我无论如何还是摇醒了她。我说："有幽灵，就在海上面。"她坐起来，仿佛一直在等着它出现似的。

"我就知道，"她说，声音像是从遥远的地方飘过来的，"我就知道会这样。"

经过母亲的房间的时候，我们听到了呼吸声。她和斯凯在里面，她们两个在床上睡着。母亲俯卧着，脸枕在她折起的胳膊上。

"别吵醒她，"格蕾丝嘱咐我，"不能让她看到。"在诸如此类的时候我总是会记起一件事情——千万不要质疑我的姐姐。

我们回到露台上，但它已经不见了。我拉着她跑下楼，跑到岸边。我们跑到码头上，为了安全起见检查着眼前一望无际的水面。哪儿都不见它的踪影。

"幽灵都很脆弱，"我们互相传着望远镜，这样找了一会儿后，格蕾丝对我说道，"我相信你真的看见了。"

这让我感激。

现在太阳已经完全下山了，稀薄的长云变成紫色，向着地平线落去。我们走回泳池。我脱下裙子，穿着泳衣滑入了水中。格蕾丝坐在泳池边上，看我踩了一会儿水，我在泳池中央，光照在我的身上。鸟在她身后的森林里鸣啭，声音低长。我扬起脸，迎着无可挑剔的空气闭上眼睛。

"你上次玩溺水游戏是什么时候？"我问她。

"怀孕以后就没玩过，"她告诉我，"我不想伤到宝宝。"她的嘴唇抿成一条线。我尚未习以为常的爱让我变得勇敢起来。我蹚到泳池边，伸手搂住她的肩膀。这一次她没有把我推开。

"对不起，让你不得不做那些。"她对我说。

"我没关系，"我告诉她，"我那么做是因为我爱你。"

她点点头。"你是个好妹妹。"

格蕾丝在瓷砖上躺了下来。我小把小把地舀起水泼到她头上,好让她感觉凉快些,而她闭上了眼睛。过了一小会儿,母亲走了出来,准备坐到水边,她的身后跟着斯凯。

"哎哟,你们瞧瞧这场面。"她坐在一张躺椅的边缘,愉快地说道。斯凯脱下她的衣服,跳到我左边的水里,她激起的水花差一点儿就溅到了母亲。

"这不挺美好的吗?"母亲说道,"是不是就跟以前一样?"

我潜到水下,用手搭成架子,好让斯凯踩在上面。我把她抬到空中。她努力保持着平衡,腿不自觉地颤抖着。她很开心。不一会儿,她身体往前一靠,朝着我倒下来,于是我们一起沉到了水里,重新蹬回水面的时候哈哈大笑着,拍着手。我的身侧泛起一阵疼痛。有那么一刹那我的喜悦非常强烈,什么都无法毁掉我的兴致。

为什么要告诉别人幽灵的事呢?为什么要毁掉这个夜晚,毁掉让我们脸都抽了筋的灿烂的笑容?母亲坐回她的椅子里,脚踝交叉着。她再度变身成为女王,统领起了她所审视的一切。

我们移动成花瓣的阵形,我们好几组人。有时候我们戴着耳塞。对于像跑步这样的活动,我们总是两个两个进行,并始终保持警惕。但我的女人们还是受到了伤害。我们在电话里传递着消息,有关伤害的细节,我们哭泣。

第二天醒来的时候，我们发现母亲不见了。

是斯凯发现了母亲的消失，她不在厨房，不在花园，也不在起居室里。斯凯大哭起来，呼唤着我们的名字，直到我们举着手跑来，脑子里下意识地罗列着离我们最近的武器、重物，曲起膝盖朝着人的肚子或者鼻子踢过去的最佳招数。

人，不是女人。我们跑着的时候，脑子里又想到了新的防卫方式，文字和画面浮上脑海，仿佛它们一直都在，一直都潜伏在我们身上，等待着什么东西的召唤——卢腋下的麝香味，詹姆斯小臂上清晰可见的血管，甚至还有格威尔那扁扁的、苍白的孩童的身体，在花园里走来走去。我们发现了我们身上新的暴力，在这让人喘不过气的紧张时刻我们所不需要也无法使用的东西。我们所能做的仅仅是安慰斯凯，紧紧抱住她颤抖着的身体，于是我们不再能感觉到自己的颤抖。

我们想象着母亲穿着白色衣服的画面。我们想象着她的嘴里塞着布条、包裹好四肢的画面。我们想象着黎明前，她在消失前，在海浪的最后一次涌动中，回望着雾中的房子，和她那些正背信弃义地熟睡着的女儿们。

我们觉得这或许是个测试,和我们生命中经历过的其他训练耐力的活动并没有什么不同。于是我们绕着房子走着,一直喊到嗓子都哑了。我们打开好几年都没开过的碗柜——除了旧扫帚和老鼠的刺鼻味道外什么都没找到;把头探进冰柜和冰箱——两个都大到能装下一个女人;拉开煤窖——房子后面一小块砌着围墙的地方,围墙上开了扇小门——尽管里面余留的灰尘和黑暗让我们战栗。什么都没有。

"我们倒是看到你们的母亲了,早一点的时候。"卢在泳池边对我们说,我们看到他在水边做俯卧撑。看到他运动我感到暗暗的激动,兴奋地把他此刻的动作和他的其他动作归为同类。我们走到他身边时他停了下来,站起来低头看着我们,微微喘着气。他的头发竖着,眼神有些疲惫。"天没亮她就出发了,顺道敲了我们的门。她不想吵醒你们。"

"你应该叫醒我们的,"格蕾丝说道,"她从来不去大陆,从来不去。一直都是金去的。"金,他的身体可以抵挡住所有我们在这儿控制着的空气中的毒素。

"我们没有做呼吸练习。"她说道。但卢只是耸耸肩。

"我只知道她开走了摩托艇。"他对我们说。

我们下到岸边。果然,只有那艘划艇在那儿。

"为什么不是你去?或者詹姆斯?"格蕾丝问道,"你们去会更快。"

"你真的很想让我们走,是不是?"卢毫不在意地说道,

"嗯,我还不想撇下格威尔,他身体还很弱。再说,我们的人很快就会来找我们,眼下我们最好待在这里不动。我们完全同意她的看法。"

我们看了看那艘孤零零的船停泊的地方,它在远处显得很小。

"你们的母亲,"他稍稍轻笑着,摇着头说道,"她是个令人敬佩的女人,我觉得你们小瞧她了。"

"那么说你们现在交上朋友了?"格蕾丝问道,绷着脸,"她怎么可能让我们和你待在一起?"

"她应该事先告诉我们。"斯凯说,把一块鹅卵石沿着海滩踢出去,然后又踢了一块。

卢放弃了。"好吧,"他说,瞥了我一眼,"你们现在是这个家的临时女主人,我想那也就是说规矩由你们说了算。"

"我们应该和平常一样,"格蕾丝说道,"她随时都可能回来。"

卢望向大海,窝起手掌挡着光线。"你们现在是大人了,"他说,一边转过身去,"你们想做什么就做什么吧。"

回到饭厅,我们都坐在老位置上,把东西一件件拿进来。斯凯把餐具重新摆成几何图案,格蕾丝望着窗外,她看着空荡荡的海滩,没有制止斯凯。

"一段没有母亲的假期。"格蕾丝终于开口道,然后她笑起来,因为这难道不正是我们一直以来连想都不敢想的美梦吗,我们姐妹三个?斯凯和我也笑起来,笑得歇斯底里。我们让自己冷静下来，然后吃了昨晚的面包，抹着最后一点剩下的蜂蜜——罐子底部的一团结晶。我们差不多吃完的时候男人们正好走了进来，我们向他们举起手。詹姆斯正抓着格威尔的肩膀。他们心情都不错。卢和我对视了下，眨了眨眼。

    我应该和姐妹们继续寻找母亲，但和卢单独相处的机会太珍贵了，实在不容错过。我需要某个借口，随便什么借口。她随时都可能回家，我告诉自己，这还不算是个紧急事件。我甚至在兴高采烈的时候也在生着她的气，因为她没跟我们说一声就走了。卢不在起居室里，不在游泳池，不在森林里。最后我终于在老网球场上找到了他，他正在对着球网击打那些发了霉的球，网也已经随着雨水和岁月的流逝变得软塌塌的。我走进他的视线的时候他没有受到惊吓，反而弯下身拿起一只球拍，把球拍扔给了我，节奏一点没乱。我们在让人浑身黏糊糊的炎热里玩了一小会儿，我觉得我的身体滞重、举动刻意。没过多久他看着我，接着把自己的球拍放到了地上。"我们进去吧。"他说。他把一只手轻轻搭到我的脊椎过渡到脖子的地方，骨头上那个脆弱的节点。

    我的房间里，高耸的天花板下，空气里夹杂着灰尘。他试图和我谈谈我们在这儿的理由，但当我解释说我们只是在保护自己不受伤害，在躲避甚至已经波及空气的危险时，他不说话了。住嘴，莉娅。我已经说得太多。我们转而将毯子踢到地板上，刺绣花哨的缎面床罩，意在表现花卉的图案亮晶晶的凸起。我们在午后的炎热中脱掉了衣服。

当他停下不再碰我的时候,我们分享了更多有关自己的事情。他比我以往见到他时更加健谈,而我高兴极了。我试图让自己和我听到的所有一切相称。我轻松自如地做到了。

"你喜欢什么?"我问他。

西红柿,绿色的水果,早晨的海洋,他说。

"我不喜欢蛤贝。"我说,察言观色着。"它们皱缩起来的样子,仿佛鸟或者青蛙不再跳动的心脏。"

"哦,但我喜欢。"他对我说。

我感到轻微的恐慌。"我不讨厌蛤贝,"我改口道,"但我更愿意吃些别的东西。"

我走进浴室喝水,本着谨慎起见,本着做一个负责任的女人的想法离开了他一小会儿。我把脸凑出窗外,去触碰他还不曾呼吸过的空气。我走开得太久了。我担心他会走,会对我和我说的话感到厌烦,有其他需要关心的事情。但当我打开门,他仍然在那儿。被单拉到了腰上,他看上去——在昏暗的光线里——好像被切成了两半。

我思索了下我能安排的小意外,好把他留在我的身边。骨折的脚,或许。我可以失手打破一个玻璃瓶,让他踩在玻璃碎渣上。我想了想他结实的身形。不行,他的身体是几乎立刻就能复原的那种,也就是所谓的男人的身体。

"你遭遇过的最糟糕的事情是什么?"我问道。我又想到了金脚下的那只兔子,我嘴里和鼻孔里发咸的泥土。

"我父亲死了,"他说,"跟你父亲一样。很多很多年前。那时候格威尔刚刚出生。"

"你做过的最糟糕的事情是什么?"我接着问道。

"不,你先说。"他说道。于是我告诉了他宝宝的事。他警惕地睁大了眼睛。他告诉我那不是我的错,然后又说了一遍。

"你杀过人吗?"后来我问他。请比我更坏。

"每个人都杀死过什么人。"他对我说。但我没有。

"你会喜欢大陆的,"卢沉默了一会儿后说道,"我觉得你真的会喜欢那里。"他坐了起来,环视四周:难看的墙纸,在岁月和阳光的冲刷下褪去了颜色;加了衬垫的鼓鼓囊囊的床头板,一种恶心的粉红色。"这不是年轻女人待的地方,你不是那种该与世隔绝的类型。"

"我可以跟你一起走。"我说。

他笑了。"你可以。那样会很不错的,对不对?"他伸手碰了碰我的脸。

或许爱能在那儿保护我,就像爱在这里对我的保护一样。爱可以变身成为一道屏障,保护着我的舌头和呼吸道,就像金为格蕾丝买回来的防护牙托一样,为了不让她的身体把她的牙齿磨碎,为了止住她下巴发出的沙沙声,一种汇入大海的夜晚的声音。新的爱,新的保护,保卫生活的新方式。我不知道这份爱能够做到什么,但当我端详着他的面庞——那些棱角,微微翘起的嘴唇,他这会儿正闭着的眼睛,我相信它无所不能。

花园里,我独自一人,用手拔出白色的花朵,用指甲割断花茎。植物的汁液溢出来，把我的皮肤染上了一种黄绿色。我把花瓣撕碎，仰脸躺在地上，将双手在心脏位置交叉，假装自己死了几秒。太阳烤着我的眼睑。

我一边感到欣喜若狂，一边提醒自己小心。我知道我和大陆上的女人们有着一样的感性。如果我在那儿，那种感性会像灯塔一样把男人引向我。我不能让卢发现这一点，这很重要，这样他才会知道我是一个他可以爱的人，而不是一个他情不自禁要伤害的人。诸如此类的事情，我们从母亲和金那里了解到的边境以外的爱便是如此。

在我心里某个遥远的地方，我知道我应该做些什么。把划艇划到我能到达的最远的地方，一路上不停地往外舀水，顶着空气带来的压力用双筒望远镜寻找母亲归来的身影。她是我今年抽到的最爱，这赋予了我某种责任。但我没有去。

我反而去了泳池，斯凯和格蕾丝也在那儿。她们正躺在躺椅上，头靠着头，手挽着手，躺椅被特意摆到了能看到最好的海景的角度。她们脸上的表情在问你去哪儿了？但我拒绝感到内疚。男人们和格威尔正凑在泳池的另一头。他们似乎正在严肃地交谈，所以我不想打扰他们，但卢朝我看了过来，还招了招手，叫了我的名字。我也朝他挥挥手。他看着我走向我姐妹们附近一张薄荷绿条纹的躺椅，挑好了最干净的那张，把浅色的裙子提到膝盖上面。我戴上墨镜，把肩上的带子拨下来，靠在躺椅背上坐好，感觉着他投注在我身上的如水一般的凝视，仿佛那是一件我值得拥有的东西。整个过程轻松自如。

在盛夏时节的阳光下躺了没多久，我们就已经热得受不了了，但我们没有走。经过了早晨的惊吓，这会儿我们正没精打采的，简直动弹不得。即便已经临近夜晚，天仍然闷得很。深紫色的云朵聚集起来，炎热却依然没有消散。我们待在室外，直到豆大的雨点开始落下，砸在我们的身上，然后我们一起跑进了屋。我的姐妹们满脸通红地站在起居室里，往泳衣外套上裙子，而男人们看着。宝宝把格蕾丝的肚子撑大的地方软软鼓鼓的。

男人们提出做晚餐。格蕾丝不愿意，但最终还是同意了。雨变小一点的时候，他们派格威尔出去捡牡蛎和贝类，他沿着海滩奔跑时发出的欢呼声传进打开的窗户，传到我们的耳中。我们三个自动退到了格蕾丝的房间，就像我们以前经常做的那样。我们摊开四肢躺在她的床上，但她几乎立马就坐了起来，坐立不安的样子，她想到了什么主意。

"我们去母亲的房间，"她建议道，"那里更舒服。"

我们又仔细看了看柜子里母亲的衣服，柜子里有防腐剂和她从花园里摘来的薰衣草的味道。然后我们转身跑到她浴室里的贮藏柜前，棕色的药瓶，装在写着红字的白色纸盒里的药丸。曲马多、奥氮平、安定。[1]格蕾丝皱着脸，夸张地念着那些名字。这些词对我们来说没有任何含义。我们三个检查了床下，让斯凯把胳膊探到阴影里。她扯回来一袖子的灰尘。我们

---

[1] 曲马多主要用作镇痛药。奥氮平主要用于治疗精神分裂症的阳性症状、双相情感障碍的情绪亢奋期。安定可用于治疗焦虑症、癫痫发作、失眠等。——译者注

清点了母亲抽屉里内衣套装的数目，打开她床边的贮藏柜，在里面找到一副镊子、一段残留的许愿蜡烛，没别的了。

"她什么时候才会回来？"我们检查完毕，在床上躺成一排的时候斯凯问道。

"我不知道。"我说，瞪着天花板，那嵌在黄铜灯架里的磨砂吊灯。

"很快，"格蕾丝向她保证，"很快。"

雨又下了起来，而且下得更大了。我的心中积聚起一股能量。微弱的光线下，我的姐妹们已经进入了睡眠。当我确定她们不会马上醒过来，便起身走进走廊，回到了我自己的卧室，我自己的浴室里。我之前开着窗，于是雨水灌了进来，弄湿了瓷砖地板和墙壁。关窗的时候，我看到海浪比往常更大。它们会在起居室的窗户和饭厅的玻璃门上留下盐的残渣。它们总有一天会让我们崩溃，水会让我们的地毯发霉，让镶木地板起翘，在墙纸上留下潮痕。但我希望那时我已经早早地离开了。

天气太恶劣了，玩不了溺水游戏，但我的感觉不会等待，我的身体正在渴望沉没。于是我打开水龙头，在放水的时候脱光衣服。我试了试水温，希望水是温热的，介于空气和大海之间的某个温度。放够了水的时候我爬进浴缸，向后一仰，迅速地沉到了水下。水面下，暴风雨的声音戛然而止。

这么多年来，孤独一定已经改变了我的身体。我想象着我的心脏已经被击打得变了形，不再适合这项活动，想象着满布着母亲小腿的突起的紫色血管也铸就了我的心脏。流淌在我大脑通道里的那些深色的液体，我僵硬的手。我的肺，鲜红、湿润，由它们泵出的空气。

没过多久我就喘不上气了。我的思绪变成了一条平坦的光线。我知道我已经到达了我的极限，无法再继续坚持下去，我等了一秒，然后才钻出水面，喘着气——我又幸存了下来，我幸存了下来，我的心在歌唱，我的眼前发黑，外面的风声似乎平息了一点，被我耳朵里的充血盖了下去。

现在浴缸里的水已经凉了，我在里面待了一会儿，等我觉得准备好了我就去和我的姐妹们会合。她们还在睡着。格蕾丝眼睛下面的黑眼圈去而复返，斯凯现在也没什么血色。我们身体出了什么问题，我们身体一直都有什么问题。我找到留给我的那块空间，躺了回去。在我的两旁，我的两个姐妹都嘟囔了一下，然后重新进入了梦乡。我浅浅地呼吸着，胸腔下疼着，头发湿着。我耐心十足地等待着母亲的归来，但直到我听到男人们齐声叫我们去吃饭，她都没有回来。两个低沉的声音，还有格威尔，有史以来第一次扯开嗓门，声音如笛声般悠扬，仿佛他已经不再那么虚弱了。我叫醒了我的姐妹，我们一起穿过寂静的房子。在那片寂静里，趁着我们还没走进那亮着灯的饭厅，我可以假装我们三个是同一个人。

晚饭后，我睡前的最后一阵喜悦。枕头上，放着一小束从花园里采来的鲜花。紫色和黄色，花瓣已经有点耷拉了下来。我想要留着它们，却让自己把花按进了垃圾桶里，把它们藏在一堆纸巾里面，为了保密，为了安全。

我得体地为他服了三个月丧,然后来了一张明信片。明信片的正面是一个女人,穿着带褶边的裙子,西红柿般的红色。"我还活着,不要担心我。"明信片的背面写着。我的手开始抖得厉害,于是我立刻把这有毒的东西扔进了焚烧炉,小心避免吸到炉子里面冒出的烟。

母亲不在的第二天，岸上到处都是海上漂来的垃圾，数量多得惊人。绳子和海草。大石头和小石头，沙子被冲走了一部分。我们三个仔细挑选着，寻找着贵重的东西，直到斯凯找到一只乳白色的水母才离开。有那么恐怖的一瞬，我们以为那是只幽灵，或者幽灵的一部分。这提醒了我们，让我们想起没有母亲在场，我们醒着的每一秒钟都是在冒着生命危险。我们找到一片感觉挺安全的沙滩，这才发了一点点抖，哭了一点点，手搭在彼此的肩上，我的姐妹们甚至还碰了我的肩膀。

"我们去边界吧。"等我们已经恢复过来，正盘腿坐在沙地上的时候，格蕾丝说道。她从脚边捡起一块鹅卵石，朝水面丢去，但差了一点，没有丢到。"那里说不定有帮忙的人。"

谁？我没有问出口，但我们跟着她去了。她捡了更多的鹅卵石，把它们放到口袋里。我们在森林里小心翼翼地在枝叶间穿行。等到了边境，格蕾丝便铆足力气，把鹅卵石丢过了带刺的铁丝网，我们都没来得及阻止她。

"有人在那儿吗？"她喊道。我用两只手捂住她的嘴巴，她反抗起来，把我们俩都扯倒在地上。她护着自己的头，但什么都没发生。树叶间，树木间，没有一点动静。

"你干吗要那样？"我们一站起来我就对她说，喘着粗气。

她摇摇头。"你爱他们，你爱男人。"

我怒不可遏。我用胳膊锁住她的头。我们俩跟跟跄跄地向着铁丝网撞去，再靠近一点就必死无疑，直到那时我们才停了下来。

"你居然敢碰我！"我的姐姐说道。声音恶毒。

我们三个坐在盖满了落叶的土地上。我喘着气，瞪着格蕾丝。不一会儿，她把手伸进口袋，然后扯出一卷白布，是从旧床单上裁下来的。她把布的一头递给我，把布展开，再把另一头递给斯凯。我们把布拉紧，她用刀把布割成一小块一小块。她把那些布条绑到树枝上，甚至还英勇地直接把一条布绑到了边境上，绑在一块不是锈得太厉害的地方。这样母亲就能找到回家的路了，她解释道。或者我们的帮手、别的女人，也能加入我们，让我们壮大起来。因为她们肯定就在外面，就在某个地方。

"我们老早就应该这么做，"格蕾丝边打结边说道，"金死的时候我们就该这么做的。"

斯凯发起抖来。母亲是不用"死"这个词的。她只说"走了"。格蕾丝发现了这一点。

"死，死，死！"她说道，"说，斯凯。接着说，金死了。"

"金死了。"斯凯带着疑虑说道。她捡起一根棍子，在地上画了一条线。

"也不是很难，不是吗？"格蕾丝说道。她绑好最后一条布，审视了一下她的作品。

我们到露台上去为母亲放哨。我用双筒望远镜侦察着大海，一直看到视野的边缘都模糊了起来。我不得不躺下，用手掌按住眼睛。然后又会有别的姐妹接着放哨。我们就这样消磨掉了一点时间。

下午的某个时候，我听到有音乐从宴会厅传来，声音很轻，于是我请求离开。格蕾丝动了动肩膀，轻微得让人难以察觉。"随便你。"她说。眼睛瞄着别的地方。

这一次，卢弹了一支悲伤的曲子。我进去的时候他转过身，对我微笑，手依旧留在琴键上。

"我希望你能听到来着。"他说。

他站起来，合上琴盖，向我走来，用我正在渐渐习惯的方式捧住我的脸颊。

这一次，当我们在我房间里的时候，我用指甲扯他的左耳，测试他的反应。我用嘴灵巧地咬他。他没有生气，但他压着我的身体里多出了一丝丝的紧张。我在寻找他的弱点，以备不时之需。"嘿，"他终于宠溺地说道，"你弄疼我了。"

很好，我想到。

他抚摸着我的头发。我的心膨胀起来，像受伤肿起的手一样，变成两倍大，那和受伤的手是同一种疼痛。

"只爱你们的姐妹。"

卢从我身边走开后,我去了母亲的房间。我在她床上坐了一会儿,眼睛盯着铁块。不让铁块蒙尘并保持光泽是那个没有爱的人的任务,我一直都做得不够勤快。母亲在她梳妆台的抽屉里放了一罐上光剂、一块布。我拿了出来,开始干活。

我不想在金的铁块上费太多时间。活着的人才更需要爱——这点我还能自己判断。不过,擦到母亲的铁块时,我做得格外地仔细,我想象着她在海上,船里进了水,空气像海浪般侵扰她时她弯着腰的样子。两天了。

"为我们的母亲祈求健康。"

离开房间前,我像接受挑战似地摸了每一块铁块。

或许母亲会在外面待上一阵子。或许我现在的这种感觉会逐渐消失,梦也好渴望也好,它们所以强大,只是因为我还没有习惯得偿所愿的感觉。或许等到她回来的时候,我就会变回自己了。如果我乖的话。

于是我测了自己的体温,洗了个热水澡,用力擦洗我的脚踝。我已经这样独自存活了很久,不是吗。但我的那种饥饿感——已经被驯服成了一种怅然若失,仍然会在我的心中绽放。

新的祷词:请让我对此渐渐厌倦。拜托,我想到。我的脉搏狂乱,骤起骤落。快一点。

一轮红月。我走到码头顶,躺在木头甲板上看着月亮。我想和月亮单独待着,这个圆盘看上去那么近,仿佛伸手就能够到。头下迟缓的水流让我的耳朵清净下来。我突然感到一阵恶心,我们对抗着的符号的数量之多,对天空和大海和陆地那感觉可以轻易跨越的边界。

这种时候我应该同我的姐妹们在一起,我知道我应该去把她们叫来,拉着她们的手把她们拖过来,带她们一起来观赏,这样我们就能安静地坐在木板上,思考一下即将到来的事情。可我只想单独待着。不过无论如何,她们最后还是来了。她们白色的身影正沿着码头向我走来,光光的肩膀上裹着厚实的棉质披肩。她们一言不发地在我身旁躺下,我要坐起来,但斯凯拉住我的胳膊。"别走。"她们请求我,一个接着一个。"拜托。"又一声请求,温柔、让人熟悉。她们可以自如地在温柔和不温柔间进行切换。

我们抬头看向天空,伸出我们的胳膊和手,用母亲教给我们的方式祈祷。周围一片漆黑。

我们差点就没有听到詹姆斯的到来,但我们身后木甲板的咯吱声出卖了他,于是我们坐起身来。水汪汪的眼睛,蜡黄的肌肤。我的眼前总是萦绕着卢的身影,以至于看到詹姆斯让我感到一阵失望。我想知道在他眼中,我和我的姐妹们是各有各的特点,还是只是同一棵树上的三根枝丫,除了略微不同的身高,除了我们深色头发的卷度和在背后的红光下显出的色泽的细微差异,就简直难以分辨。

"你们知道为什么月亮是那样的吗?"他问我们。他的嗓音嘶哑,听上去有点紧张。他清了清喉咙。

"是红月亮。"格蕾丝说。

"只是尘埃而已,"詹姆斯对她说,"大气中的尘埃。"我们没有答话。他摆弄着脖子上的一个东西。

"那是什么?"斯凯问道。

"这个?"詹姆斯说,一边把那东西拉了出来。他把它凑近我们。"是念珠。"珠子上挂着个银色的十字架。

"是干吗用的?"她又问道。

"祷告用的,"詹姆斯说,"为了得到保护。你们姑娘们也祷告,是不是?"他不太肯定地笑了,笑容一闪而过。

"没错。"格蕾丝说。

"我们现在可以祷告,大家一起,"他说,"如果你们愿意的话。"

"不用了,谢谢。"我说。

"不用了,"格蕾丝说,"但你可以和我们在这儿一起待会儿。"

我们挪了挪,为他腾出地方。詹姆斯看上去不太自在。我们盯着他。这次我们破例占了决定性的上风,我感觉到。我们可以做出伤害他的事情。他或许不会反击,他或许并不知道怎么在我们面前保护自己。有几个浪打得比较高,海水轻轻地洒到了我们的皮肤上。

"母亲回来了吗?"斯凯问他。

"还没,"詹姆斯告诉她,"不过那只是时间问题。她明天会回来的,我觉得。"

斯凯往格蕾丝身上一靠,感到失望。格蕾丝吻了吻她的额头,帮她往后顺了顺头发。

"金的话,这样跑一趟可能需要好几天,"她停顿了下,"曾经需要好几天。所以没什么的,没有理由恐慌。"

詹姆斯点点头。

我们看到头上有一颗流星划过,于是陷入了沉默。我的眼睛一直追随着它,直到它闪烁着,离开了我们的视线,而别人早就已经失去了兴趣。百万星星中的一颗,在自己的蜜汁的折射中现出的月亮[1],装饰着尘埃。它如此遥远,但我还是想向天空伸出手,不顾一切地把它摘下来。我想把它捧在手里,把它掰碎并占为己有。

我和受伤害的女人最近距离的接触,是一次坐在桑拿房里。那是很久以前,在桑拿房还能用的时候。我不会超过十岁,或者十一岁。把我和她们中的一员留在一块儿,没有人监督,这是难得一见的事情。那不可能只是个意外。她咳嗽着,坐立不安。像大部分那些女人一样,她的身体似乎垮了,只是个焕发不出生机的生物。我非常仔细地观察着她,如果看到有什么一瘸一拐地走出森林,我也会用一样的方式观察。我觉得太热,而她用手舀起水,把水浇到加热管上时却打了个寒战。我健康的孩童身体轻松地出着汗。她偶尔发出一记微弱的呻吟或呜咽。我假装没有听见。

生活在一个想要杀了你的世界里,那该是什么样的体

---

[1] 月光会经过大气的折射和散射。当月亮靠近地平线时,折射和散射的效果更加强烈,大气中的尘埃颗粒将蓝光和绿光散射掉,留下波长较长的红光,于是月亮会现出红色。所以有此一说,以及詹姆斯在前文说红月亮只是尘埃。——译者注

验？一个每一次呼吸都如同受到侮辱的地方？我那天应该问问她那是什么感觉。她还是会偶尔用薄棉布捂住嘴，但就我目力所及，棉布里并没有血。当她用痛苦的目光看向我的时候，我不自觉地感到紧张。

那天晚上我们齐聚在宴会厅里。别的女人中，有一个被认为已经做好了水疗的准备，她的身体已经训练有素，肃清了一切障碍。金坐在钢琴后面一张被推到墙根的椅子上，钢琴成了一道将他和女人们分隔开的有形的屏障。有四五个女人在场，大部分看到他时已经不再畏惧，但他一直彬彬有礼地保持着距离。

我们所有人都坐好后，母亲走进了房间。她直接走向那个女人，一只手放到她的肩膀上，示意她站起来，然后把她带到了房间前面。巨大的水疗盆里装满了水，已经严阵以待，旁边是从来不曾缺席的盐罐。母亲两只手各抓着满满一把盐，螺旋式地把盐撒到水面上，动作优雅。水疗盆里的水比海水盐分更高、更黏稠，更近似于我们的血液。女人费力地跪下，她的蓝色睡裙的布料拢在一起，发出叹息。母亲十指相扣，把手放在女人的后脖颈上，慢慢地把她的脸按进水里。墙边的灯亮得刺眼。

时间一分一秒地过去。女人的身体一开始是顺从的，但没过多久，她按在地上的双手就开始颤抖起来，接着又乱舞起来。她在试着把自己撑起来。女人挣扎的时候，水漫出了水疗盆，打湿了母亲裙子的前片。母亲没有任何反应。我们等待着，憋着气。然后，跟往常一样，就在我们以为这永远都不会结束的时候，她被拉了起来，脸红得像草莓一样，大口喘着气。她差点就要倒在地上，但母亲在最后关头伸出手扶住了她。母亲把一条白色的小毛巾披在她的肩膀上，如此温柔，仿佛她也是我们的姐妹之一。

被治愈的女人站着，其他人也站起来，热烈地拍着手。而我们——在后面看着的三姐妹，也拍起了手。我们的父亲只是看着，他仍然坐着，明白这样的氛围中并没有他的一席之地。这是歇斯底里的边缘，被拯救的感觉。女人哭着回到了她的座位，手里提着毛巾。那可能是快乐，或者震惊，或者两者都是。我现在想知道她当时是否已经感觉到了改变，在她心中的某个地方是否存在着一小股新的力量，这股力量又是否会让她在大陆显得与众不同，还是说她只是会带着这样一种内心的认识继续生活，活得完美、灿烂。

那时我对她——那个受伤害的女人——所遭受的还知之甚少，虽然很久之后，我在迎宾簿里发现了一切。男人们为什么袖手旁观？当我最终知道了真相的时候，我问自己。他们为什么没有让事情变得容易一些？但当时，在看着她从盆中的疗愈之水边走开的时候，我还对权力，对爱，对仅仅因为能够得到便占有还一无所知。我为什么应该知道呢，那时还没有人向我解释过那些，那不是必要的信息。"有时候还是不知道好。"母亲说过。在那时，那对我来说已经是挺好的答案。

和陌生人见面很蠢，但那时我仍然相信人性本善，我曾是那么的天真无邪，涉世未深。我不明白事情可以变得有多快，不明白那些曾经有必要的东西怎么就无一例外地成了让一切堕落的通行证，而这通行证还堂而皇之地获得了许可。我不知道男人们已经不再需要控制他们自己的身体，也不再需要继续那个谎言——我们是重要的。

母亲不在的第三天，我醒得很早。天气格外晴朗，预示着之后酷热的到来。我站在露台上，呼吸着从安静的海湾飘来的带着咸味的空气。下面，有什么破开了游泳池的水面。我走到栏杆前，看到一个身影，穿着白色的长睡裙——是我们的溺水裙，我反应过来，因为衣服的重量和上面的绣花。她破开了水面。是格蕾丝，她的肩膀周围绕着深色的绳子，头发披散在绳圈里。我离得太远，看不清她脸上的表情。

我看着她游到浅水区，在泳池边靠了几秒，一边大口大口地做着深呼吸。然后她又回到深水区，让自己再度沉到水下。我为她计着时。她绝望地浮上来，她又让自己沉了下去。这似乎并不能让她获得我能从中获得的那种满足感，没有尽头，没有终结。

她的动静没有变小，反而变得更狂暴了。或许，她是在弥补失去的时间。她的身体再度成为她的，她可以随心所欲地使用。第三次后我就不再看了，羞愧难当。我由着她做她需要做的事情。

我站在厨房中央。海风从敞开的门里吹进来，柑橘类水果的香味，虽然我们已经有一阵子不种了。环境变得不再适合种植——逐渐稀薄的土壤，残留的矿物质。我们以前常常会把橙子和柠檬切成小段，作为药用。我们会把它们给受伤害的女人们，让她们塞进嘴里，让她们含上很久，让汁液流下她们的下巴，流进她们的喉咙。有时候我们彼此之间也会这么做。

卢是一个映在不锈钢上的影子，一个映在积满了灰尘、裂着缝的白色涂料上的影子。他的两条手臂环在我的腰上，他的下巴靠在我的头上，他就是那么突然地在厨房里冒了出来。我被抱着，还不习惯被抱。没有人看见我们，我说不清我是不是想被人看到。那会是场灾难，但至少会有人见证，会有人证实这是真的，这正发生在我的身上。但他一听到脚步声就放开了我。格蕾丝走进了厨房，一看到我们就停下了脚步，但现在他的手已经不在我的身上，还是没有任何证据。爱就是可以这么狡猾——碰与不碰的区别，不可靠的记忆，我的皮肤已经开始了遗忘。他向她举起手，把手放在她能看见的地方。"早上好啊，你们俩。"他说。今天他对她和对我说的第一句话。

这所有一切意味着什么，对此我想了很多。意义像云一样环绕在他的周围。每一声咳嗽、每一瞥都在告诉着我什么。手，又是手。这一次手摆在早餐桌上，下面的白棉桌布从指缝里露出来。他坐在我旁边，而格蕾丝在舀水果。他的膝盖轻轻推着我的，所有人都回到厨房去洗碗的时候他留在了原地。那不是个巧合。他拉住我的手臂，把我拉上了楼梯。

"来吧。"他说。他为我的身体痴狂,仿佛他以前从不曾看过似的。

然而,新的危险正像肥皂泡一样浮上水面。他的呼吸里带着一种黄铜般的苦味。他在我的床上费力地用嘴呼吸着,才睡了几分钟,这股气味便充满了整个房间。我翻了个身,想避开这气味。我又一次想伤害他,想要拯救他的生命或者毁掉他的生命,想要做些什么,做什么都可以,我还没有决定。我希望他能扭动着身体,一个鲤鱼打挺来博得我的赞赏。我想做定规矩的那个人。但当我试着那么做,向着我们的亲密无间轻轻地捅着刀子的时候,他却没有多大反应。他把我的头发拨到我的嘴上。

后来我们又走回到海边,我指向地平线,而他不顾危险地走进了水里,水淹到了他的脚踝。我差点就跟着他去了,我依靠了一辈子的直觉已经被毁于一旦。我坚守在岸上,提防着他的身体被水掀倒。但我没有自欺欺人。我的幸存只是因为他没有直接问我,没有伸出他的手提出恳求。

我现在躺到了泳池边属于男人们的那一侧。我发现靠近他们也没什么事发生,我的身体并没有真的感觉到有任何不同。我的眼睛没有变红,我的耳朵没有流血。但我的姐妹们不会和我一起,即便我提出了这样的请求。格蕾丝根本不屑回答——她只是看着我,微带着恼人的假笑,然后便扭头看向了别处。于是我撇下她们,让她们继续待在露台上,自己带着毛巾去了泳池,在詹姆斯和卢之间支起一张躺椅。詹姆斯拿我开了些小玩笑，我没听懂，但无论如何还是笑了。

卢走进房子，回来时端着装着饮料的瓷釉托盘，母亲只在我们生病或者关禁闭的时候用那个托盘。那是混了罐装果汁的什么酒。突然闪回的记忆：母亲和金用力抓着彼此，强烈的爱，微微的愤怒，仿佛一个模模糊糊的梦。我把眼睛闭上片刻，让自己恢复冷静。那个梦是悬在我面前的那些岁月，既平滑流畅，又密不透光，仿佛热牛奶上的那一层牛奶衣。我不想想得太清楚，也不想凑得太近去看。

詹姆斯看向别处的时候卢碰了碰我的脚。我俯卧着，好让太阳晒到我的背。他们俩都在看我，我可以感觉到。这份对我的存在的确认让我感到不自在起来。詹姆斯也碰了碰我，只是碰了碰我的胳膊，仿佛父亲一般。"你是我们的朋友，对吗？"他说，"我们的小朋友。"他有点口齿不清。我不觉得害怕他们。

詹姆斯钻进水里的时候卢扯了扯我的头发，把我的头发在他手里绕成圈。"好美。"他向我耳语。他轻咬我的脖子，我开始歇斯底里地大笑，于是詹姆斯停了下来。他站起来，看向我们，水流过他的身体，但他没有说话。

过去在泳池边度过的那些漫长的日子，有爱的日子和没爱的日子，金矫健地划过水面，一个来回接着一个来回，皮肤在我们看着的时候就已经闪闪发光起来。如果他在游泳我们就不能游——我们游得太慢，他会不耐烦。有几次，我在墨镜后面哭了起来，没有人看见。受伤害的女人们一般总是待在室内。她们真正信任的只有清晨的空气和黄昏的空气,那是可以轻松地呼吸的时候。

詹姆斯进屋去喝水时,卢向我伸出手,握住了我的小臂。空气非常干燥,我的喉咙里感觉冒火。他张开嘴吻我,脸上还戴着墨镜,我认出是金的墨镜,然后他跳入了水中。我盲目地跟着他。我在被太阳晒暖的水下翻着筋斗,一个接着一个。卢抱着我的腿,让我游不上去,而我也没有要奋力回到水面。我任凭我的身体失重,任凭它一动不动,心里想着,做你想做的、做你想做的、做你想做的。

我横着身子在水下漂浮着,很快乐,这时水面上传来一阵喧嚣。是卢在打水。他抱住我,把我往上举,而我立刻就回应了他,也用胳膊搂住他的脖子。但当我破水而出的时候他慌了。詹姆斯正站在泳池边上,看着我们。

"我以为出事了,"卢一边放开我一边喊道,"你为什么那么做?我以为我让你溺水了。"他在水中站起来,向我靠过来。他的嗓门更大了。"你知道那看起来像什么吗?那是什么玩笑吗?"

"我没事。"我说道。我刚才完全进入了一种忘我的状态。那感觉很安宁,在水下被他那样抱着。无可改变的静止,透过水面的光线。

"冷静点,卢,"詹姆斯说道,"什么事都没有,不是吗?"

卢向后倒去,让自己沉入水中,只把头露在外面。"千万不要再做那样的蠢事。"他对我说。

"对不起。"我一边爬出泳池一边说道。我不喜欢他看着我的样子,一种以前不曾有过的样子,好像我暴露出了关于我的某个方面,而那是我本来应该好好藏起来的。

没过多久,詹姆斯在阳光下睡着了,胳膊横在脸上遮挡着阳光。我看着他带着喘鸣声的一起一伏的呼吸,他愈来愈红的皮肤。

"我们再到森林里去吧。"卢用别人也能听见的声音向我耳语道。他已经原谅了我,而我愚蠢地觉得感激。他把我的一只凉鞋扔给我,我差点就接住了,穿的时候又差点跌倒。"快点!"他瞥了一眼詹姆斯。"趁这老家伙还没醒。"

我们沿着铺满了鹅卵石的道路向森林走的时候,我转过头,想看看是不是能在哪扇窗户后面看到格蕾丝的脸,但反正我无论如何都是看不见的——玻璃反着光,而且窗玻璃多得根本数不过来。她可能在任何一块后面。

在森林里,我们一直向着边境走去,直到我们肯定不会有人看见我们才停下来。我们距离边境太近,近得让人不太自在,至少我是这样,但我必须得信任他,相信他会保护我,一件正在顺利地变得越来越容易的事情。卢带来了他的毛巾,但树枝和石头还是会硌人。我手脚着地跪着,知道淤青几乎马上就会泛出来,知道我的皮肤很薄,容易受伤,但我内心有个部分喜欢这样,这是证据,是新的愉悦绘下的图景。保持平衡有点困难,酒精影响着森林存在的方式,影响着我存在的方式。

然后我感到非常快乐。森林里的叶子在我们四周低语，仿佛它们也很快乐。相爱是件好事，拥有整个世界是件好事。卢在附近走动的时候我躺在毛巾上，他扔着石头，查看着树叶。即便在阴影中，在微风中，天还是热得让人难以忍受。他们来之后天就变热了，我知道这并不是我的想象。

卢躺在我旁边的阴影里，我挪了过去，把头枕在他的肚子上。他心不在焉地碰了碰我的脸，把手指放进我的嘴里一小会儿，又用手托着我的下巴。我说起外面的世界，他则有点厌烦地问我，我想知道什么，但我没法说出口。有孩子是什么感觉？你会生更多的孩子吗？你年轻的时候是什么样子的？过着男人的生活，拥有男人的身体，那么结实的身体，是什么感觉？其他男人是什么样的？穿越边境是什么感觉？空气有撑开你脸上的皮肤吗？有损害你的身体吗？你也会思考死亡吗？

"天啊，热死了。"他说道。我用小臂撑起自己，合上嘴，向着他的脸吹气。他仍然闭着眼，嘴唇微微地动了一下，露出一个微笑。我突然觉得想吐。

"什么都可以。"我说。

"你为什么这么感兴趣？"他问道。

"我只是想知道。"我说，眼睛里开始泛出泪来。

"你在哭吗？"他问道，没有睁开眼睛。

"没，"我说，"我有点头疼。"我躺了下来，这样泪水就不会淌下我的脸颊。老把戏了，好久以前就学会了，都想不起来是什么时候。或许这是人类惯用的把戏，某种我与生俱来的东西。

"别哭,"他说,终于好好地看了我一眼,"我很讨厌女人哭,那只是为了操控别人。"他站了起来。"回屋去吧,去吃片阿司匹林。"他说,把我也拉了起来。

"你得当心,"他又说道,"你要把自己照顾得再好一点。"他把两只手都放到我的肩膀上,迅速地吻了一下我的额头。我想知道,他对他的身体会对我的身体造成的影响有多少了解,他自己有没有采取什么预防措施。

往回走的路上我们听到了人声。只是我的姐妹们,但她们动静很大,声音忽大忽小。卢看着我,拿不准怎么回事,但只看了一秒。

"她们应该是在玩游戏吧。"我说道。我们继续往前走进了一片空地。

我的姐妹们正站在什么东西前面,用嘲讽的口气说着什么。这里光线比较暗,树叶都叠在一起,于是光透不进来。苔藓像盖着舌头的舌苔一样覆在岩石表面,树叶都长出了霉斑。她们没有察觉到我们的到来。

"你母亲在哪儿?"斯凯问道,仍然背对着我们,"她人呢?"她伸出手,满不在乎地摇了摇一根树枝。一些鸟受惊逃了出来,然后又飞进了更上面的树叶里。

"你们的人为什么不好好照顾她?"格蕾丝也说了起来,"你们为什么不?"

"你们肯定一直把她晾在一边。"斯凯说。

"如果她知道她会怎么想?"格蕾丝说。

卢快步走到她们跟前,把我的姐妹吓得后退了几步。他抓住格威尔的胳膊。格威尔的脸上都是泪痕,裤腰半松着。

"你们把他怎么了?"他问道,声音很吓人。格蕾丝毫不让步。

"没把他怎么,"她扬起下巴说道,"我们只是发现他一个人在树林里。"她看着格威尔。"鬼鬼祟祟的,做着男人们会做的事情。"

格威尔转过身背对着他们,垂着头。他用胳膊背面擦了擦眼睛。

"你们离他远点。"卢说。

"不然呢?"格蕾丝笑着问道。但当他向她迈近一步的时候,她躲开了,尽管她特爱逗能。

"对一个孩子残忍,这太可怕了,"他说,"如果你是男人,我想都不用想,一定会揍你。"

"那么还好我不是。"格蕾丝说。而他举起了手,但接着手又垂下来,放回到了身体两侧。

我和姐妹们把那两个男的撇在了树丛里。她们俩既惴惴不安又异常兴奋。我们再度幸免于难。如果男孩不是会受伤的男人,如果男人中有一个危害小一点的种类,那又会是什么呢?有什么得到了证明,有什么得到了确认。

但我们仍然十分脆弱,这一点我们万万不可遗忘。傍晚,格蕾丝把我从小睡中弄醒,她扯着我的头发,扇我耳光,一直扇到我举起双手,扇到我滚下了床。当我看向她的时候,我看到她涨红了脸,看到她已经完全歇斯底里。

"母亲,"她上气不接下气地说道,她的攻击停止了片刻,"母亲!"

"怎么了?"我问她,忘了我轰鸣着的耳朵,"怎么回事?"

"她还没有回来!"格蕾丝向我喊道。

斯凯跑进房间,抓着自己的脸,哀号着,直到我在抽屉里找到一些薄棉布,用布把她的嘴,把她的脖子裹起来。但那并没有平息她的叫声。

然后我也沦陷了,受到了恐惧的侵袭,两腿发软。我也开始尖叫。因为这突然之间变得如此真实:母亲不见了。

"她不会回来了。"斯凯哑着嗓子说道。格蕾丝狠狠给了她一巴掌——她从来不打斯凯,我们都对她很温柔,对她很体贴。于是我接着打了格蕾丝,提醒她,我们已经不用再小心护着她了,她并不比我们更优越。格蕾丝看着我,举起手向自己的脸扇去。

然后,在门廊上,虽然眼睛还没看到,但我们已经感觉到了——男人们。他们走进房间,我下意识就要把他们推出去,但还没碰到他们就把手放了下来。我们需要站到外面的草坪上,让我们的身体倒向地面,或者被彼此的臂膀接住。我们需要一而再、再而三地把自己推到水下。

"母亲。"斯凯一边扯掉我给她包上的消音布,一边喘着气说道。布已经被她的口水和眼泪濡湿了。"母亲。"

"姑娘们。"詹姆斯唤道。他看上去似乎被我们爆发出来的力量吓到了。"拜托不要这样。她很快就会回来的,我知道她会的。说不定今晚就会。她肯定是在港口被什么事耽搁了，或者留下来吃晚饭了。"

"你怎么知道？"格蕾丝连珠炮似地对他说道，"我们凭什么相信你？"

而他给出了唯一可能给出的答案。"你们还有别的选择吗？"

我的眼睛又一如往常地滑向卢。看到我们这样，他似乎也被吓到了。他的反应足以让我感到无地自容。他躲开了我的眼睛。格威尔是唯一一个没有被我们的歇斯底里恼到的。他正看着我们，脸上带着浓厚的兴趣，带着某种几乎是愉快的情绪。

"说来说去都是这句话，"斯凯说道，她现在已经放开哭出来了，"你总是说一样的话，但母亲在哪儿？她什么时候回来？"她突然跌坐在地上，仿佛腿再也站不住似的。

"拜托，"詹姆斯说，仿佛我们正在伤害他，"和我们一起下楼吧。让我们照顾你们。"他过去安慰斯凯，但她手脚并用地躲开了，留下他一个人站在那里，伸出的胳膊扑了个空。

"没错，够了。"卢说道。他拍了拍手，然后用期待的眼神看着我们。"来吧。"

我们已经不想打架了。犹豫了一会儿后，斯凯站了起来。我们跟着男人们走下楼梯，手牵着手，在挫败感中团结在一起。

饭厅里一片狼藉，烹饪书、盘子、空瓶子和空盒子扔得到处都是。男人们在我们的地盘上生活，却一点也不让人省心。我斜眼看向格蕾丝，但她似乎没有注意到这些。我觉得手痒痒，恨不得能马上把所有东西堆到一块儿，放进水槽，打开水龙头让水流起来。但我不想和男人们一起在厨房里干活，他们打嘴仗的声音特别洪亮。于是我们把那些高高的门开到最大，然后一起簇拥到门槛那儿，感受着夜晚的空气拂上我们脸庞的凉意。

"想想看，要是母亲看到这些该有多生气。"格蕾丝说道。我们全都急促、内疚地尖叫起来，并不完全是在笑。她会痛恨这场面的。她会毫不犹豫地惩罚我们。

詹姆斯端着托盘走进饭厅，托盘上放着三个瓷杯。他把东西放下，我们警惕地看着热气往上冒。

"是可可，"他说，"不过只是粉末和水，不好意思。"他摆出道歉的姿态。卢也加入了进来。他们俩都没有提起我的姐妹们在树林里折磨格威尔的事。

我第一个拿起杯子喝了起来，大家都看着我。很好喝。他们放了足量的粉末。还有些颗粒没有溶化，它们粘在我的牙后面，在我的嘴唇上留下一层甜甜的薄膜。

他们把我们哄到起居室里。一开始男人们坐在房间那头，但没过多久他们就跑到我们挤在一起的地方来了，他们三个都挤了过来。他们的身体距离我们太近，我们可以感觉到他们身上散发的热量，那热量温暖着我们的肌肤。

"我们一直在聊，你们知道。"詹姆斯说道。他和卢交换了一个眼色，卢点了点头。"你们应该跟我们一起走，等有人来接我们的时候。你们难道不想那样吗？"

"不要。"格蕾丝说。我们一起摇头，对她表示附和。

"先不要这么快否决，"卢说，"如果你们的母亲不回来——如果她永远离开了你们,我们会保护你们的。"

"她没有离开我们。"格蕾丝说。

"当然没有,当然没有。"卢说。他的声音是那种尽量不想吓到我们的声音。

"你们前面的日子还长着呢。"詹姆斯也说道。我看着他,对他颤抖着的嘴、他脱皮的鼻子感到厌恶。

"他们会来找我们的,"卢解释道,"我们可以带着你们一起。我们不想把你们单独留在这里。"

"我们不会单独留在这里。请不要再往下说了。"格蕾丝说,一边用手捂住耳朵。卢握住她的手,把它们放到她的腿上,我们三个全都僵住了。

"不要这么孩子气。"他说道。我不喜欢看到他碰她,于是我把肩膀凑近他的身体,好跟他有更多的身体接触。

"至少考虑一下,"詹姆斯说,"考虑一下。"

"我们在那儿会活不下去的。"格蕾丝说。

我试着和卢对视,试着给他一个信号,让他知道我想要这样,我想要按着我们说起过的样子和他一起站在一个新世界里,但他就是不看我。他的眼睛盯着窗外,那里,大海是一头呼吸着的动物。

*

那天晚上他睡在我的房间里,有史以来第一次。我们没有事先说好,但当夜色越来越深,当我已经在那儿躺了一会儿的时候，门开了。他走了进来，他用双手把我从床中间推开，对我悄声道:"挪一下。"他没有用手臂或腿环住我，没有做任何我们平时会做的事，只是背对着我蜷起身子。他的身体离我很近，很热。没过多久，他的呼吸声就变得低沉起来。我伸出手放到他的后脑勺上，抓住一小把他的头发。下面是脆弱的头骨。我可以在这儿杀了他，如果我想。我把嘴唇贴向他一边的肩膀，异常轻柔，好让他感觉不到。

晚上我醒了一小会儿，他的身体在颤抖。我用手臂搂住他的肚子，把脸埋在他的脖子窝里。他可能在哭。我一碰到他，颤抖就停止了。他什么都没说。他可能是觉得尴尬，或者是我的触摸治愈了他。我更喜欢第二种可能。我的身体，作为爱的对象，具有一种我做梦也没想到过的力量，我更喜欢这样去想。

并没有发生一件什么大事,而是许许多多的小事。每一件都把我削弱一点。到最后,我都觉得我失去了皮肤。我的指甲周围在流血。我老了很多很多。我的储备是那么的少,别的女人都应付得来,这些都让我感觉糟糕。感觉就好像是我辜负了她们。

母亲不在的第四天,我在空荡荡的床上醒来。我第一件事就是掀掉床罩,疯狂地检查床单,寻找卢曾经在那儿待过的蛛丝马迹。枕头上有些深色的头发,比我的头发短。我把脸埋进枕头里,但我们用的都是一样的香皂,没有标签的鲑鱼粉做成的石碳酸皂,握起来填满了整个手掌。我在枕套上寻找变成固体的盐,好证明他曾经哭过,但我的搜寻一无所获。我在床单上找到了更多的头发,他淡淡的汗味。

我的胃毫无预警地痛起来。我把床单、被单都扯下来,把它们堆到地板中央。我泡了个热水澡,水热得几乎坐不进去,但我还是坐进去了。我想着"疼痛阈值"这个词,仿佛那是个等着你跳过去的跳马。我忘了开窗,水蒸气一下子就在房间里弥漫开来。

趁着自己还没失去勇气,我迅速地在大腿上划下两道浅浅的、有安抚作用的痕迹,每道一厘米长。有时候很难分辨我腿上哪些伤痕是我蹿高了四英寸的那个夏天留下的,又有哪些是用来保护我们的安全的。我身体过往的笨拙留下的痕迹无处不在。现在又有了新的耻辱、新的危险,就像我制造噪声、失去控制的样子，就像我乞求卢对我做些什么，让我能像为水带来的疼痛一样高兴的样子。热气腾腾的洗澡水在我周围变成了粉红色。

我喝了许多水，以免我和他正在做着的那些事对我造成伤害。我站在水槽边，一品脱，两品脱，伴随着空气一起咽下去，喝得太快。我的肚子在裙子下面鼓起来。我想象着水净化着我的血液的样子。我在起居室里那张绒毛都被磨平了的天鹅绒沙发上躺了片刻，在水在我身体里工作的时候，听着我的身体被改造的声音。

母亲不在就没有人做面包，山羊也不下奶。我们总是分散在房子里的各个地方，根本没办法把家打理得井井有条。早餐所有人都吃不饱，罐头正在迅速地变少，而卢还坚持要一下开四个。我们直接把桃肉片、李子干、什锦水果和炼乳从罐头里舀进嘴里。当他和格威尔一起出现的时候，他在我面前表现得好像前一天晚上根本就没发生过什么一样。甜食让他反胃，他对我们说。他从我手里拿走开罐器，因为我开罐头开得太慢了。他的手一拧，罐头就开了，只用了几秒。

"我的牙都要掉了。"他说，张开嘴让我们看。格威尔也学他。两排牙都一如往常的坚硬，像狼牙似的，而我们长在后面的牙却真的是蛀掉了，我和我姐妹们的牙都是。男人们的喉咙那湿润、鲜红的洞穴让我觉得想吐。

"你们的饮食应该有更多变化，"他严肃地对我们说，"你们这个年纪的女人。你们应该吃红肉。钙，叶酸，你们的身体有自己的需求。"

我感觉我身体的状态不太好。水果太甜了,他说得没错。水果停在我的胃里,结在一块儿。卢站起来离开餐桌的时候我还没吃完饭,他的碗和勺子恣意地躺在那里。他剩了点果汁。等到别人都走了,我拿起他的碗喝掉了剩下的果汁,心慌慌的,却又情不自禁要这么做。

我发现姐妹们都在格蕾丝的房间里,房间里的热气带着潮味。她们躺在她的地板上,窗户都关着,身上盖着母亲给我们的丝巾。我推开门,看到她们那样一动不动地躺着,那情景让我吓了一跳。格蕾丝坐起来,丝巾从她脸上滑落。她眼睛周围的黑眼圈一天比一天深,深得像淤青一样。她看着我,一言不发。

"我能和你们一起吗?"我不得不开口问道。她又躺了下去。

"如果你想的话,"她说,"我们正在用一个词冥想。"

这是母亲惯用的技巧,用来让我们安静下来。有时候她会挑一个我们从来没有听到过的词。那就像是一份带来愉悦的食物,一份糖做的小甜点。"想着那个词,"她会嘱咐我们,"直到想厌了,直到睡着。"

"什么词?"我问。格蕾丝叹了口气。

"曲马朵,"她一字一顿地说道,"在药柜里看到的。"她的口气很重,是牛奶的味道返上来了。

我在脑子里反反复复地想着组成这个词的每个字的字形,那层薄薄的布料随着我的呼吸飘动着。尽管我的鼻子里满是我没有洗澡的姐妹们的气味,躺在这里却让人感觉分外安心。我想着那些白色的小药丸、蓝色的小药丸,玻璃杯里盛着的水,棕色的玻璃瓶。我们的嘴张开着,头感觉很重。格蕾丝,经过了我们一起沉睡的那一周,学会了把母亲给她的东西藏在舌头底下,再在母亲离开后吐出来,吐到手掌里给我们看。瞧,她会说,这现在已经在你们两个的身体里了。

斯凯第一个坐了起来。她在紧挨着格蕾丝的床的抽屉里找到一把剪刀,然后把剪刀拿到我们面前。

"你可以帮我剪头发吗?"她问我。我剪掉了她分叉的发梢,一二厘米,但她摇摇头。

"全都剪掉。"她说道。

我被她的请求吓到了。我说不,但她继续恳求我。没有头发,她可能会生病的。金坚持让我们留头发,作为一种保护。但她又转向了格蕾丝,而格蕾丝说:"你想怎么干就怎么干。"她用胳膊搂住斯凯。她这么做是为了气我。

"金说的话呢?"我问道。

"他怎么了,"格蕾丝答道,"我们曾经有过更短的头发。你可能不记得了,"她对着斯凯说,"但我们确实有过。"

她们一起走进浴室,关上了门。我看着我经常啃的指尖。咔嚓咔嚓,剪刀动了起来,即便隔着木头墙壁也能听到。她们出来的时候,斯凯的深色头发已经被剪到了耳朵根。我恐惧地看着她。

"这样好多了。"她说。她稍微转了个身。

新发型让她看上去年长了一些,仿佛她一下子就和我们一样大了似的。她转过身，在梳妆台的镜子里审视着自己。我一下接着一下深呼吸的时候，格蕾丝在欣赏着她自己的手艺。

"你看上去很美，"格蕾丝说，"男人会对你起坏心的，千万别让他们对你动手动脚。"

"别恶心了。"斯凯说。她装出反胃的样子。

"是很恶心，"格蕾丝同意道，"你这么想我很高兴。"她们没有看我。我的脸很烫，因为充血让我感觉像火烧似的。

我们让她把自己的头发集中起来，弄成一小堆一小堆，方便她按自己的意思处理。用来献祭也好，用作保护也好，或许她会把一部分栽到花园里，然后会有一棵新的树苗轻轻地刺出土壤。我密切地注意着她，留意着生病的迹象。或许我已经来不及拯救自己的身体，但我会为我的姐妹们竭尽所能，哪怕她们不知感恩。当她弄完了，是我陪着她走到母亲的浴室，从药柜里拿了阿司匹林。她张开嘴，闭上眼睛。我在她的舌头上放上一片药片，两片，然后我往自己嘴里也塞了一片，因为虽然我不再觉得反胃了，我的身体边缘却开始出现一种越来越强烈的恐惧感。类似这样的感觉可能是一种症状，几天前就染上的什么病症，当卢压在我的身上，我睁开眼睛看到他表情严肃地盯着床后面的墙，仿佛我无关紧要，仿佛我可以是任何人。

詹姆斯发现我在花园里哭，我本来以为那里不会有人看到。不知怎么的，我又变成了一个孩子，没有人愿意接近我，没有人可以应付我那想要被拥抱、被触摸或者被聆听的迫切的欲望，而我自己也对这欲望无可奈何。我在其中一堵破败的墙边蜷缩起身子，坐在草丛里，草还是湿的，挂着露珠，于是我的裙子也被露珠打湿了。在我的痛苦的中央有一团火辣辣的愤怒。我找到一块尖尖的石头，把它放到掌心，紧紧地握住它。

"你怎么回事？"我听到，僵住了。詹姆斯在我身边坐下，毫不在意地上的潮湿。他朝我的手臂伸出一只手，但我往后躲了一下，于是他收回了手。

"我希望昨天晚上我们没有让你们姑娘们难过。"他说道。他总是称呼我们"你们姑娘们"，但我现在只是一个姑娘，属于我自己的姑娘，在外面。任何事情都可能发生在我身上。

"我没有难过。"我说。

"你可以和我谈谈心，莉娅，"他说，"出了什么事吗？"

我只是哭得更厉害了。他坐着，等待着。最后，不由自主地，我开口说道："我的姐妹。"

"她们怎么了？你们吵架了吗？"他问道，异常温柔。我擦了擦自己的眼睛。

"哦，莉娅，"他说，"我很抱歉。"他停顿了一下。"但你已经够大了，已经可以主宰你自己的生活了。过分依赖你的姐妹不是很健康，以你的年纪。"

我感到羞愧。

"我过去很恨我弟弟，"他体贴地说道，"有时候我都想杀了他。"我突然沉默了下来，渴求着信息，任何和卢有关的事情。"后来他病了，病得很重。那时我们还是孩子，我以为他会死掉。"

我试着想象卢生病的样子,小小的,很脆弱,但我没法把他想象成孩子。我反而回忆起了这些年来格蕾丝身体状况的起起伏伏,她一直都没我身体好。发了两次烧,其中一次严重到要断食,要在她房间的门框前放上一排盐。有一次脚踝肿了,马蜂叮的,毒素离心脏还远。但这些都没有让她为她身体最后的改变作好准备。

"那让我意识到了兄弟意味着什么,"詹姆斯看着我继续说道,"我后来也没再忘记,即便他康复后也没有。你不可能无视血缘,对不对?"他停顿了一下。"所以这会翻篇的,不管是什么事。我是过来人,我懂。"

你什么都不懂,我想对他说。我的血缘是不能无视的,不管他怎么想,而且不管我是什么样的,我都属于她们,如果她们想要。我想要大笑。我想要对着我周围的世界,对着房子、森林,对着在我们身后渐渐衰败的花园比一个愤怒的手势。不能相提并论,我想对他说,有些事永远都翻不了篇。

他向我满意地微微笑笑,站了起来,掸掉粘在裤子上的草和泥土。"我们一起回去,回屋里去?你待在这里会觉得太热的。"

"母亲,"我说,"我得等着母亲。"

他又叹了一口气,但点了点头。"如果你坚持的话。"

斯凯做了个噩梦。在午后悠长的阳光里,她在露台上打盹。我们看到她猛地一拽胳膊,然后抽搐了一下。她的嘴张成一个痛苦的O型,她刚剪短的头发。我没有对格蕾丝说我早就跟你说过,尽管我很想说。我的姐姐正屈膝躺着,戴着墨镜,她正仔细地往腿和胳膊上抹着母亲不许我们碰的助晒油。

"我很害怕。"斯凯对我们说,一醒来就看到我们正盯着她。她汗津津的,一脸警觉。"但我不知道是在害怕什么。"然后是很久的沉默。

"我觉得你应该做个治疗,"格蕾丝说,"已经很久没做了。"

斯凯摇摇头。

"我觉得会有帮助的。"格蕾丝接着说道。然后她看着我。"莉娅?"

我不想再伤害我的妹妹。我感觉到我的身体两侧正在裙子下冒汗。

"拜托,"斯凯说,"我不想做。"她用两只手拧着她的毛巾,尖叫起来,一下尖锐的童声,一下过于稚嫩的叫声,直到我们用手把她的嘴捂住。格蕾丝把手背贴到她的额头上。斯凯夸张地滚到地上,抬头看着我们,揣测着我们的反应。

"对不起,"格蕾丝说,"但我觉得那是最好的选择。"她跪下来,将斯凯颤抖的双手抓在自己手里。

我们更小一点的时候,母亲鼓励我拥有一件我最爱的玩具,一件金用浮木雕出来的东西。一天,她当着我的面把玩具给了格蕾丝。她说:"现在这是她的了。"后来有一段时间,他们会在吃饭的时候多给我一点食物,计划好的,一连这样好几天。格蕾丝看着我的盘子,眼睛一眨不眨,而我用自己的身体护着食物不让她抢。

我们每次都会起争执,互相重重地扇耳光,或是拔下对方一簇簇的头发,要么就是紧紧抓着彼此,直到我们的指甲在皮肤上磕出了红色的小月牙印。那些父母的干预,对我们的感情所做的奇怪的实验,有一天戛然而止,就像可能突然遭到遗忘的童年游戏一样,那是在斯凯到来之前不久。我不知道是谁叫停的,但我知道有时候当我转过头,半赌着气,和我那让人又爱又恨的姐姐扭在一起,我会刚好瞥到金和母亲看着我们,仿佛认不出来我们一样,仿佛我们不再是他们的孩子。那眼神让我们非常受伤,但我们很快就忘记了,再度被互相憎恨、互相钟爱、互相伤害的感觉所占据,新的那套,老的那套。

我们从厨房里拿了一个又一个玻璃杯,跑了好几趟,把它们在母亲浴室的地板上摆开。我们从她空关着的房间中走过,却还是感觉她就在楼下似的。唯一提示我们母亲不在的迹象,是你用力呼吸时闻到的那股陈腐的气味。壁炉架上仍然挂着我们家的最后一张合影——一种控诉。照片里缺了金,仿佛一个预兆,虽然他从来都不在照片里。他总是拍照的那一个。我打开她最底下的那个抽屉,想找一匹薄棉布,以防万一要用。我在那里发现了另一组肖像照。母亲披着头发,长发过腰,头发夹在耳后。我和姐妹们突然之间就蹿高了,仿佛树一样。在我最喜欢的那张照片里,格蕾丝坐在母亲的大腿上,正直直地望着架在三脚架上的相机。我把照片包在了母亲的内衣里——带洞的蕾丝花边,闪着微光,还有肉色的松紧带。我想要爬到她的床底,在那儿待一两分钟,待在黑暗和尘土里,但那里没有地方让我爬进去。

一排玻璃杯里装的是盐水,另一排里是淡水,凉冰冰的,刚从水龙头里接出来。格蕾丝计算了一下水的量。我们绕着玻璃杯走,小心确保不会弄洒任何东西。斯凯正坐在马桶边哭,膝盖蜷到了胸口。格蕾丝用指尖为她按摩了下太阳穴。

"真受不了,"她说,"别弄得像个小宝宝一样。"

我把第一杯水递给斯凯,是一杯盐水。她小口抿着水的时候皱着脸,然后突然一下子喝完了一整杯。她紧紧地闭上了眼睛。格蕾丝又递给她一杯,她的反应是一样的,接着便转过头对着马桶呕吐起来。她的手抓着马桶座,脚踢翻了其中一只空杯子。

"够了。"我对格蕾丝说,她手里还端着一杯盐水。

斯凯停下不再呕吐的时候,她虚弱地向我们转过头。我递给她一杯好的水。她毫不抗拒地喝了,然后又接连喝了第二杯和第三杯,摆手拒绝了第四杯。我们对她要比母亲和金更加仁慈,没有强迫她喝。我们在地板上清理出空间,把玻璃杯分别放到马桶的储水箱、洗手台、浴缸边和窗台上。她摊开手脚躺下,脸还是湿的。我们已经尽到了我们的责任。我走出浴室,撇下我的姐妹,让她们继续坐在里面,光透过液体和玻璃折射了一遍又一遍。

后来,在我自己的浴室里,我查看了一下男人们到来后我皮肤上所有新出现的淤青。我当时并没有注意到这些淤青的出现，但瞧瞧，它们就在那儿。或许我的血液里正有一种病毒在渐趋成熟，细胞正结着它们自己的累累硕果，爱是我身体里的一种抗议。或者，或许我只是还不习惯触碰，我还太过生疏。身体不会撒谎。这些都是证据，证明他曾经碰过我这儿，这儿，这儿。我心满意足地捏了捏小臂背面，一个还没被标记的地方。

卢进来的时候我还在浴室里，他没有敲门。他正好看到我在看着自己，看着我手臂上、腿上那些淡淡的阴影，看着包在我大腿半截处的方块纱布。

"有时候你真是会吓我一跳。"他说。但他在微笑，所以没关系。

如果母亲回来，那将意味着爱的终结。那将意味着床单上再也不会出现他颀长的身影，身上盖着已经褪了色的蓝色毛巾。他刚刚淋过浴。他的膝盖边有一小群痣，我用拇指按了按，湿着的头发在他的颈背上缠成一团。

"少接触男人，或者找到那个不想伤害你的。"我有一次无意中听到，一个受伤害的女人对另一个说，一段我本不应该听到的紧急谈话，一段窃窃私语。"那些自己都不知道自己想要伤害你的男人——那些男人是最危险的。他们会以爱的名义让你屈服，让你为爱多愁善感。他们是最恨女人的人。"

我们一直以来都是那么小心，我们一直以来都是那么的好。但这一次，当他像往常一样溜出房间的时候，他停住了片刻。"你好,格蕾丝。"他说。

"你好。"我听到她说,声音酸溜溜的。

"你还好吗?"他问道。我迅速关上门,靠近门站着。

"还行,"她答道,"就那样吧。"

我听到他的脚步声走远,觉得我们或许躲过了这一劫,但没过多久就响起了一记敲门声。我没让自己动弹。格蕾丝对我说道:"我知道你在里面,我知道,我知道。"她的声音像漏着气的气球般嘶嘶作响,但我拒绝回应。

"我听到你们的声音了,"她说,"我又不是他妈的三岁小孩。"

别,我对着刷成白色像肌肉一样打着结的木头无声地说道,拜托。眼睛里满是耻辱的泪水。

"你知道你在干什么吗?"我等在那里的时候我的姐姐问我。她告诉我,我的身体正面临着严重的危险。"还有你的脑袋,"她说,"你就没有觉得脑子里好像一团乱麻吗?你就没有觉得你的想法不健康吗?"

是的,我觉得了,但有什么是我还不知道的吗,我想要怼回去。即便我这么快乐你也要否定我吗?但我不用问也知道她会。

她改变了策略。声音里带着哀伤。她指出我可能会让可怕的事情发生在我们身上。

"你注意到什么迹象了吗?你可能会传染别人。"

我用舌头舔了舔下面那排牙中一颗松动了的牙齿。

"让我进去,"她请求道,"我可以帮你测体温。"她在耍花招。

"走开。"我小声说道。我背对着门坐到地毯上,看着床。床单和被单乱糟糟的,它们甚至可能还暖着。我想用它们把自己裹起来,裹到窒息。

最后她终于走了。但在那之前,她用拳头砸了一下门,然后又因为手疼哭了起来——这也是我的错,她告诉我她对我很失望,说我真的有可能正在辜负她们。

"你是个自私的婊子。"她最后说道。她的脚步声沿着走廊远去,不慌不忙的。我们是不对彼此说那个词的。我宁愿她打我,一拳打在我的肚子下面,宁愿那样也不想听到那个词。

我咳出一口痰,吐到了浴室里。我用力地刷牙,悔恨悔恨悔恨,但我已经知道我不可能离开他。我是头无助的动物,行尸走肉。

我跑出了房子,跑过海滩,一整段海滩。周围空无一人,于是没有人看到我——或许他们在窗口看着,但我不在乎,我不能在乎。我光着脚,每踏出一步都会扬起沙子。我逼自己跑得更快,差点扭到脚踝摔倒,但又稳住了身子。我更加使劲地全速奔跑,以此惩罚自己,更加使劲。我感觉胸口越来越痛,但那只是我的肺,一种正派的疼痛,和我心里那种背叛的疼痛不同。我期盼着快感的到来,但那没有发生。

我终于在潮水潭附近让自己停了下来。当我喘过气的时候,我站到我敢站到的最靠近大海的地方,向着大海大声地嘶吼。我让我无影无形的呐喊久久延续着,直到再也发不出声。并没有声音折返回来与我重逢。我把手伸向喉咙,感觉到在我柔软的喉头上方，动脉血低沉的轰鸣。

我过去的所作所为又回过头来折磨着我。闭着的眼睛后面，羞耻感在轻微地跳动。

"伤害格蕾丝，你不做就得由斯凯来做。"另一次在海滩上，工具、薄棉布和我顺从的姐妹，等着我做我不得不做的事。我宁愿被伤害一千次一万次，也不愿意伤害她们。格蕾丝顺从地躺在沙子里，正在把头发披到一只肩膀上。

她对我的恨意肯定从那时起就已经开始累积了，当我把薄棉布卷起来捂住她的嘴和鼻子，她的眼神黯淡，眼睛在白布上方扑闪，我感到一种避无可避的内疚。你知道我别无选择，我试着通过我的双手，通过我的思绪向她传达。一开始她没有任何反应，但最后她恶狠狠地咬着布。我知道那是情不自禁。我知道换成是我，我也会那么做的。

然后，当格蕾丝可以休息一下的时候，我又该伤害斯凯了。或许那只是在测试我的忠诚，测试我对我的姐妹、我对她的爱有多充足。好吧，十分充足，如果她直接问我我会这么告诉她。爱到让你肉麻。

斯凯的话，母亲让我用一张磨砂纸磨她胳膊的最上面，一个不会感染的部位。我照着做了，那样格蕾丝就可以免掉这份苦差，那样格蕾丝那晚，以及之后的那些夜晚就能睡得着觉。斯凯求我不要，即便她的皮肤已经起了疙瘩，已经渗了血。"拜托，莉娅，"她闭着眼睛请求道，"我什么都愿意做。"她的牙齿缝里冒出一种尖厉的声音，有着恒定的音高，仿佛某种会叮人的昆虫。那让人无法忍受。之后她平躺在格蕾丝旁边的沙地上，母亲为她包扎着胳膊，把她的胳膊高高地举过她的身体，这样就不会被沙子或者泥土弄脏。我走了开去，对着大海呕吐，像往常一样。轻轻地，轻轻地，轻轻地。海水立刻就把我的呕吐物冲走了。

伤害姐妹们之后的那些夜晚总是最不好过的。我会确保我的身体受到的折磨和她们所遭遇的旗鼓相当，这样我才不至于落在后面。我黑着灯站在窗边，揣测着大海的反应，我的大腿刺痛着。一种疼痛的沉闷的和声，三个音符沿着水面飞出，寻求着交流，仿佛灯塔。我能感觉到它到达了边境，那寻找着落脚点的信号。

如果我们朝他们吐口水，他们会更用力地吐回来。我们预料到了——我们甚至准备好了。我们没有预料到的是他们不断升高的怒火，因为我们居然胆敢保持嘴的湿润。进而又因为我们居然有嘴而燃起的怒火。他们想要我们都死掉，我现在算是知道了。

母亲不在的第五天,我开始觉得身体不舒服。醒来的时候我被淹没了,但我脸上的并不是水。而是鼻血。我的枕头被溅红,血流进了我的嘴巴里。我捏着鼻翼,在浴室里的水槽旁直起身子。我张开嘴露出牙齿,发现牙齿上也都是血。

我的睡裙毁了。我穿着它走进浴缸,用热水喷我的身体,然后才把衣服脱下来,让那团布环绕在我的脚踝周围。血止住了。我慌乱地向着水祈求自己的健康,说了些诸如"拜托""生病""不要让我的姐妹们知道"的话。我把睡裙拧干,用一个牛皮纸袋包起来,然后又包了一层,这才把袋子放进了抽屉。

如果我不得不爬进森林里,我的身体是一件受着折磨的东西,一件散发着疾病的东西,那会发生什么?我的姐妹们会站在树丛中居高临下地看着我吗,还是会挺直了身躯,沉默地留在露台,仅仅目送着我离开?

那些不再到我们这里来的女人们,也曾经懂得过爱。她们撤离了爱,也撤离了世界。我们目睹了她们个人的补救行为，生理上的和心理上的。看到这些发生是美妙的，母亲指出。一个女人重新变得健全。的确，经历了水疗之后，她们的身体获得了一种全新的强健，仿佛有人为她们的身体重新勾勒了轮廓似的。她们的眼神清澈，已经准备好了回归。

她们不再到这里来可能意味着世界变好了，或者世界变得前所未有的糟。可能意味着有几十个她们、几百个她们、几千个她们在遥远的海岸上垂死。可能意味着她们生活在暴力之中，她们的身体受着暴力的形塑，她们说话时语带痛苦，空气是堵在她们喉咙里的一团刺人的乱麻。我希望答案是第一种。我希望她们能达到一种从容的平衡，能和谐地生活。裹着她们的脸的薄棉布，能够成为抵御危险的强大的护身符。遇见会对她们好的男人。身体不会太让人害怕的男人。

卢在泳池边闷闷不乐。他喝着一个棕色玻璃瓶里的东西，我走近他的躺椅的时候，他向我举起瓶子。"在地窖里找到的，"他对我说，"喝喝看。"我喝了一小口，温温的，在我的嘴里冒着泡。我下意识地吐到了地上，很滑稽，但他并不觉得好笑。"别扫兴，莉娅，"他说，"真是浪费。"语调灰暗。

我在他旁边的躺椅上静静地躺了一会儿。我的身体感觉像是被锚到了他的身上，他不在便没有任何意义。他最终站了起来，往里面走去，我跟了过去。他叹了口气。"你现在是变成我的影子了吗？"

事实上，我很愿意做他的影子，但我没有这么对他说。

当我们走出灼人的阳光，当我们在厨房里、在钢铁和瓷砖的世界中对视时，他的心情稍微好起来了一点。他有样东西要给我看，在他的房间里。一样会让我高兴的东西。"因为你也不太对劲，"他对我说，"我看得出来。"被看见很好，但也很可怕。我在他房外的走廊里等着，抠着指甲。他叫我进去。

"铛铛。"他转着圈揭晓道。他穿着金的白色亚麻西装，就是那一套，腋下硬邦邦的，绽放着柠檬黄色的花朵。在射进窗户的光线下，我能看到他的眼睛红通通的。袖子长了点，但其他地方都很合身。就连扣子都扣上了。我往后退了退。

"你不觉得这很滑稽吗？"卢问我。"你不是吧。"他低头看着自己。"瞧瞧我呀！肯定是哪个客人留下的，一个真正的谐星。"

西装很衬他。我可以想象他把双脚稳稳地踩在露台的木头地面上的样子，在更温和的季节。瞭望着大海，等待着什么，分析着波浪显示的征兆。哦，我爱的这个男人。

"是很滑稽。"我终于说道。

如果不是这身经历了多年风吹雨打的防护服，那么母亲穿了什么？她在全身上下都裹了薄棉布，这样万一摔倒，就能有个缓冲？往嘴里也塞了好几卷？我简直不敢去想。

我们没有商量就一起默契地往我的房间走去，过去那些日子的惯例。但当我掀起我的裙子，他几乎没有看我。他只是重重地向床上倒去，已经将西装抛诸脑后。他再度变得难相处起来。

"我不知道我是不是想。"他对我说。

"为什么不想？"我问道。

"我就是没这个心情。"他说。

"拜托。"我说,立刻冒了火,但生气的背后却是害怕。

"哦,莉娅。"他说,误解了我的意思。他伸出手把我的下巴捧在他的手心里。"别这样,我没想让你不高兴。"

无论如何,这招起到了作用。他时而表现出犹豫,仿佛在想他是不是走得太远。

"继续。"我在那些停顿的瞬间——一次,两次,三次——对他说道。于是他继续了下去,他的手紧紧地握着我的喉咙。

后来,我觉得头晕。我的身体好像被打了一个结,心脏一直顶到了我的喉咙口。我在马桶边跪下,但什么都没吐出来。他坐在浴缸的边缘,看着我干呕。

"你可别怀上我的孩子。"他说。他听上去很不安。

"什么?"我问道。

"**什么**是什么意思?"他说。

"没什么。"我说,慢慢站起来。

"你有在做预防措施吧?"他问道。

我想了想那些我一品脱一品脱喝下去的水,想了想我腿上的伤口、热水、淋浴。"有。"我说,觉得他那样是在在乎我,于是突然涌起了一股柔情蜜意。

"好吧,"他说,"那个,我们或许应该早点聊起这个话题,但如果你一直在小心的话。"他抓了抓他的脖子后面。

我觉得眼花,眼前黑了片刻。我还是觉得头晕,仍然感觉困惑，不愿意把所有的碎片拼凑在一起。

"我要去躺会儿。"我对他说。我希望他会陪着我，但他在离开的时候关上了灯和门，没有吻，只是微微地挥了一下手。

我记得母亲在厨房的地板上痛哭的样子，那时金还活着。她的手臂抱着膝盖，她的身体摆着胎儿在子宫里的姿势。月光让她的头发看上去如水一般，从扎着发圈的地方倾泻而下。而我，缄默着，站在那里思考。盖条毯子，随便盖点什么，楼上有温暖的床，还有人向你敞开着怀抱，但你为什么偏偏要躺在这里？除了思考我还有愤怒，因为她被人爱着。母亲，这真的很没有必要。但现在我体会到了你为什么要躺在那儿，体会到了你为什么要找一个又冷又硬的地方。

是詹姆斯，不是卢。我醒来的时候，看到是他的脸停在我的脸上方。我一直睡到了晚饭时间。"他们让我来叫你。走吧。"他说。窗帘紧闭着，睡眠让空气变得更加滞重了。我看到他注意到了我房间里的凌乱，东西被扔得到处都是。

"卢呢？"我问道，一心想着他。

"在楼下，忙这忙那的，"他说，"他说你之前感觉不舒服。你现在头还晕吗？"

我看向他关切的脸庞，点了点头。

"那就先抓着我吧。"他说。我抓着他的胳膊站起来。"啊，不过你得穿点衣服。"他又说道，一边看向了别处。我这才想起我只穿着内衣，想起我在这个死气沉沉的下午把衣服不知道脱到哪儿了。我并不特别在意他看到我这样，伤害早已铸成。他在地上找到了我的衣服，一团湿漉漉的亚麻布。

"转过去，把手举起来，"他对我说，"我不看。"

触感凉爽的布料从我的头边滑过，沿着我的身体垂下。有那么一刻我在想我是否想让他碰我，还是说我只是想有人碰我，无所谓是谁。当他走进房间的时候，在黄昏的光线照耀在他身上的短暂的片刻中，他也满可以是卢。我已经习惯了妥协。

"这就好多了，"他说，一边替我扣上领口的扣子，"你现在看起来挺像样了，可以见人了。"他和善地拍了拍我的肩膀。

"母亲什么时候回来？"晚饭的时候，斯凯焦躁地问格蕾丝。我把冷的罐头豌豆推到盘子边，慢慢地用叉子背把它们碾成泥状。

"明天。"格蕾丝顿了一下后说道。

"你保证？"斯凯问道。

我等着格蕾丝说保证，但她只是站了起来，手里还拿着餐具。她带着一种近似惊讶的表情看着餐具，仿佛不知道那是从哪儿冒出来的。她把餐具扔到了地上，刀叉在镶木地板上发出哐的一声。她走了出去。我们目送着她离开。詹姆斯一跃而起，跟了上去。

"让她去。"我警告他。我走过去捡刀叉，在四道静悄悄的目光下趴到地上。斯凯站起来，跟着我们的姐姐走了。我留了下来。

男人们精力充沛地聊着天。他们的脸颊、他们的胳膊全都已经恢复了血色。格威尔这个小孩像变了个人似的,头发不再稀疏,人也不再惆怅。他用刀轻轻敲着盘子边缘,敲出一段旋律。卢和詹姆斯都没有让他停下,他们正沉浸在自己的谈话里,聊着他们认识的来自某个地方的某个人,另一个男人。我不在乎任何别的男人。格威尔盯着我看,激我让他停下,然后敲得愈加大声。我想要勒住他小小的喉咙,但我没有。

*

晚餐后我打开一扇又一扇门,寻找着我的姐妹们。她们不在起居室里,不在她们自己的卧室,也不在母亲的房间里。最后我在一个我们不用的房间里找到了斯凯,和我的卧室只隔了几个房间,她正在窗边的光线下伸展着身子。她的短发依然让我震惊。她已经不再像是我们中的一员了,不过,或许我才是发生了无可挽回的改变、收获了新的爱的那个。或许我们从来就不曾是生长在同一棵树上的三段枝丫,不曾是三个密不可分的女孩。

"格蕾丝呢?"我问。斯凯指指房间里关着的那扇浴室门。

"她在洗澡,"她对我说,"进去吧,如果你想。"

我敲了敲门,格蕾丝轻轻地告诉我让我进去。她几乎整个人都躺在水下,被细腻的泡沫盖住了全身,她深色的头发上结着泡沫凝成的珠子。现在,她的头发也和斯凯的一样,被剪短了,她钻出水面,露出整个头的时候我看到。窗帘拉着。当我坐在浴缸的边缘,把手伸进水里,我发现水是凉的。她的脚指甲——露在水面上——被涂成了鲜红色,就像母亲的一样。

"斯凯替我涂的,"格蕾丝发现我在看的时候说,"她或许也会帮你涂,如果你问她一声。"她又钻回到水下,水被溅出了浴缸。

"你的头发。"我于事无补地说道,愈发感觉到我自己的头发落在背上的重量。格蕾丝把一只手放到她的头上。

"没错,"她说,"斯凯是对的。这样要舒服得多。"她指着角落里的金属废纸篓。"头发都在那儿。如果你想看你可以看。"

我不想看。

"水是凉的。"我只是告诉她。

"我比较喜欢这样,"她说,"反正水总是太烫。"她的目光落到我身上。"你注意到那些男人让水变得热多了吗?"

"只是个巧合。"我虚弱地说道,甚至自己都不相信自己。水在夜晚从我的皮肤上滑落,好像我身上被浇湿了似的。我的膝盖和脚踝后面被蚊子叮得起了包。我感到疲惫,那么的疲惫,疲于在薄雾中移动这具身躯。

"狗屁,"她愉快地说道,"不过反正也无所谓,至少现在无所谓。让整个世界都熔化好了,带来任何变化都可以。让这一切都崩溃好了。"有一点水漫过了浴缸的边缘,在地砖上聚成一摊。她把头浸到乳白色的水面下。我不安地看着她，直到她再度钻出水面，深呼吸了一下，她的头发光滑闪亮地贴着头皮。

"我们什么都没有做错。"我对她说。

"你背叛了我们。"她一语带过。

"不是这样的。"我说。但我知道确实是这样。

"莉娅，"她说，"他很危险。"她出乎意料地把头埋进湿漉漉的双手片刻，但没有哭。

"不要以为只有你一个人痛苦。"格蕾丝说道，再度向我抬起头。她是那么的美。无论她怎么感觉，她的感觉对她造成的影响都和我是不同的。我瞬间想起了父亲第一次把一个尖锐的物体放到我手中的情景，想起了它造成的那种深刻并可怕的感觉，因为我的血要比我姐妹们的血更红，我的血要更浓。我的感觉就跟我脖子上的脉搏一样实在，一样可以计算。

"但我已经决定原谅你了，"她停顿了很久之后说道，"我知道你需要我的帮助。"

她的话让我哭了出来。我确实需要，我真的需要。

"先说重要的，"她说，"从今往后你要保护好自己的身体。"

怎么保护？我问道，有咸味的水流进了我的嘴里。

她告诉我我可以在洗澡水里加醋，加小苏打。我起码应该在水里加盐，让水尽可能地热，热到让人不舒服。

"不要再有孩子了，"她说，"他们当然从来都不是从海里来的。"

我盯着她。我意识到卢之前是在对我说什么。我意识到，终于意识到，她其实是在说什么。

"别问我，"她说，看穿了我在想什么，"永远别问。"

于是我没问。我的头发，我只是问道，我扯哪儿哪儿的头发就掉。还有我的耳朵，我的眼睛，和我的心。

"也别太小题大做，"她说，"尽量减少直接接触，隔着衣服碰他，如果你不能不碰他。"

我感到不知所措。

"如果你做不到，那就做不到，"她说，一副无可奈何的样子，"但最遭罪的人会是你自己。"

休战。

格蕾丝在水里动了动，似乎看到了我，仿佛刚刚才看到，仿佛我刚刚才走进来。她看着我的腿，我把下身的裙子脱下。

"我常常觉得母亲和金对你太残酷了。"她用自己的手碰了碰我的手。"我希望一切可以重来。"

或许现在还不太晚。我问她我们可不可以去母亲的房间，我们三个。她把双膝抬到胸口，在水里考虑着我的提议。

"好吧，"她说，向我伸出一只手，"扶我起来。"

她指尖的皮肤贴着我的，我能感觉到她皮肤的褶皱。我为她展开毛巾，好让她走进去裹起来，我注意到在她仍然鼓着的肚子下隆起的脆弱的胯骨。我们正在虚弱下去。

在母亲的房间里，我们站在铁块前。空白的那块，闪闪发亮，令人羞耻。

"我们为什么不重新选一遍呢?"我问我的姐妹们,"母亲不在这儿。我们为什么不干脆让男人们也加入我们,和他们一起选?"我来回看着她们,揣测着她们是否会支持这个提议。"或者哪怕就我们三个选?"

她们继续沉默着。避开破碎之物,让你自己与其拉开距离是人之常情。

"我实在不觉得那会解决任何问题,莉娅。"格蕾丝最后终于说道。我感到胸口一阵疼痛。我咳嗽起来,试图缓解这股疼痛。

"好吧,就那样吧,那么。"我说。然后我们像进来时一样迅速地离开了房间。格蕾丝十分自然地把手勾到了斯凯的肩膀上,她湿漉漉的皮肤把她后背上的衣服浸成了透明的。浸湿了的布很薄,是蓝色的,有那么片刻我想到了幽灵,四肢上松垮的褶皱。我不得不摇起头,试图把这样的画面驱逐出脑海。

我决定要把事情掌握在自己手中,我决定我也可以展开复仇。我会让他像溶在水中的阿司匹林一样在恐惧中瓦解,我会让他跪在地上,向我求饶。为什么不呢?但我只有一个人,我的女同胞们完全不想参与这个计划。她们对我说我会死得很惨。我告诉她们我不在乎。是的,我不在乎。

母亲不在的第六天，我醒来后直接去了外面，饭都不想吃。我走过走廊，周围一个人都没，然后有那么片刻，我允许自己幻想来了一艘船，而其他所有人都已经上了船。但那之所以有趣是因为那不是真的。如果去年让我学到了什么的话，那就是独处会慢慢地毁掉你。而我是个对此束手无策的人。

我用指尖从一个花瓶——孤零零地摆在厅里的壁炉架上——的瓶口捻起一长段灰尘。花瓶是空的，除了一只在自己的声音中将死未死的马蜂，贴着瓷器振动着翅膀，发出低沉的嗡嗡声。苦难，我对着它无声地说道。

昨晚的某个时候，又是一个人躺在床上，我醒过来，意识到没有什么是我不愿意为他做的。那感觉异常简单，没有任何杂念，没有日常的感觉和担忧残存的碎片。这提醒了我有时候爱可以多么直接，当一切都豁然开朗的时候。

我发现卢在和格威尔打网球，而我盘腿坐在球场外的沙土地上，一边抠着指甲，一边听着他们来来回回击球的声音。格威尔大叫着"好球"，卢回之以大笑。他肯定是故意让那孩子赢的。尘土黏到我穿着凉鞋的脚上,留下了一点一点的痕迹。我把指甲摁进小腿靠近脚踝的地方,于是我看起来像是被昆虫或者蛇咬了。等到他们两个终于从球场出来,两人都大汗淋漓,我感觉好像已经过去了很久很久似的。卢把手臂举得高高的,和格威尔击了一下掌,然后向我转过身。

"怎么了?"他问道,脸上的笑容消退了一点儿。格威尔用力地挥着他的球拍,听着我们讲话。

"我只是想来找你,"我不自在地说道,"看你想不想要做些什么。"我没有说什么都可以,我们可以做任何你想做的事,没有在那孩子面前说,可如果他不在那儿,我可能甚至会跪到地上求卢。

"我很忙,"他说,"抱歉。"他转向格威尔。"再打一盘?"那孩子点点头。他们走回球场的时候,我跟在后面追着。当我抓住卢的胳膊的时候,他停了下来。

"拜托,"我说道,觉得口干舌燥,"拜托,你不明白。"他试着把胳膊抽走,但我紧紧抓着他。他推了我一次,然后又推了一次,更加用力,但我没有松手。

"别动!"我对他说,有点太大声,"拜托。"我可以感觉到爱像一阵疾风般从我身边溜走,好像排进下水道的水。我已经做好了被羞辱的准备,如果那就是我要付出的代价。他推了我第三下,我往后倒去,一个趔趄朝着地上猛摔下去。我终究还是双膝跪下了。格威尔警惕地看着我。

"你哪根筋搭错了?"卢问我,揉着他的胳膊。

"没有搭错!"我说,"陪我一会儿吧,别走。"我站起来,再度向他猛扑过去,但他只是继续后退。

"你能不能别这样?别在孩子面前这样,"卢要求道,"你能不能有一秒钟是正常的?"

我不知道为什么像别人一样去爱于我而言是那么的不自然。卢举起手,示意格威尔躲到他后面去,好像我很危险,好像我令人厌恶似的。或许我的确是。他肯定知道,我有点恍惚地想到,他肯定能看出来这是怎么回事,即便以他的年纪。他毕竟是个男人。未来毕竟是属于他的,这是他的遗产,他的权力。

"这有点太过了,你不觉得吗?"卢说,试着表现得更和善一点,试着缓和当前的气氛。"你中了什么邪了?"一个简短的停顿。我明白他正在试图让我为我的需求感到羞耻,但对他和我来说都很不幸的是,我在这方面完全不会感到羞耻。如果有人问起,我会不厌其烦地一再表现出我的需求。如果我可以,我会把我那颗奇怪、无能的心掏出来,展示出来,推卸掉我本人的责任。

当我重重地扇了他一耳光的时候,他的第一反应是惊讶。

"你打我,"他说,用手摸着脸,想知道有多严重——根本就没有多严重,"没想到你还有这一面。"

格威尔丢掉球拍。他跑向球场的另一端,哀伤地呼唤着别人来帮忙,但周围一个人也没有。

我试着再度向卢猛击过去,但他抓住了我的手腕,抓得死死的,让我动弹不得。

"没错,"他说道,"我受够这些了。"他摇晃着我的身体。

"你振作一点。"

我的身体留在他身体上的痕迹已经开始了消退。我用尽全力,却几乎没有起到任何作用。我的愤怒无法触及他,甚至无法得到认真的对待。他一直都在和我拉开距离。

"我们之间有过点什么,那很美好,我知道。但我并不他妈的**属于**你。"我终于停止了挣扎,在他面前站定下来,整个人都被吓坏了。我用灼痛着的眼睛看着他,这时候他对我说。他仍然抓着我的两只手腕,把我抓得很疼,我手掌上的皮都破了。我动弹不得,也不想动。"我想我没有做任何会让你那样觉得的事情。"

我突然想起我从来没有听到过他大声说出"爱"这个字。而这可能是个契机,他可能最终会说出口来。他松开了我的手腕,他的手朝着我的脸伸了过来。我感觉到他的指关节抚过我的脸颊,很温柔。他借机溜走了。

他们把我撇在了球场上。我朝着地面掷着发霉的网球,直到手臂酸痛。我踢着球网,直到自己都厌烦了自己的闹剧。天色黑下来,下起了雨。我进屋的时候碰到了詹姆斯,他一个人在起居室里,坐在沙发上。我打开灯,然后又退回来,就站在原地看着他。

"喝酒吗?"他问道,举起一个瓶子,"有点早,我知道。"

"那东西会要了你的命的。"我说。

"什么都会要了你的命。"他对我说,从装着很多冰块的杯子里呷了一口。能让他感觉舒坦的东西他都有了,但似乎对他没有多大帮助。"等你到我这个年纪的时候,你就不会再在乎身体了。"

"你也没那么老。"我说。他还没那么老,确实是这样,我惊讶地意识到。他们两个的下巴上都蓄了胡子,詹姆斯的胡子要比卢的颜色更灰一点,但也不是什么很大的差别。

"对于这些太老了。"他看着杯子说道。他直直地看向我。"你快乐吗?我想知道。"

有什么涌上了我的喉咙,而他发现了。"我不想让你不高兴,"他说,"过来这儿吧,坐一会儿。"他拍了拍身边的坐垫,于是我坐到了边边上。

"你们这些可怜的姑娘们,"他说,几乎是在自言自语,"独自在这里待了这么久。"他把手放到我的背上,轻轻地。我闪出一个念头。"不过你们现在有我们保护了,对吗?"

我把身体向他靠近了一些,把头靠在他的肩膀上。他很暖和,闻起来有海水的味道。他对我一直都很和善、很好。当我吻他的时候,那根本一点也不可怕。他吻了回来。他把双手放在我的脸上,我的脖子上、肩膀上,但接着,他停了下来。他摇摇头,站了起来。

"对不起,"他说,"我不该那么做的。"

"你不想吗?"我问道,"那感觉不好吗?"我摸向他手上粗粝的指关节。他像是吓到了。

"莉娅。"他说,一边把手抽了回去。他重重地坐进房间另一头的一张椅子里。"我当然想,你很可爱。"他看着自己的膝盖。"但那是不对的,那不是我们来这儿的目的。"

"但我想。"我说,被逼得勇敢,被逼得绝望。

"我们有照顾你们的责任,"他说,"对不起,我不能那么做。"

詹姆斯捏着自己的鼻梁的时候我看着地板,想着其他可以伤害卢的方式。

在森林里架陷阱,弄断他的脚踝、胳膊和脖子。

把他诱到海上。

在他的食物里放玻璃碴。

"我是个悲伤的人,莉娅。"詹姆斯对我说。他刺耳地笑起来。"有时候做男人真是糟透了。"

我觉得他的话很不可信。做男人似乎并没有那么糟,从各方面来说都是。

又是那种愤怒,一种我不能说是新出现的愤怒,因为那感觉实在太过熟悉,那感觉就好像是一直在等待着我的什么。女人们的痛苦必须有个地方驻足。被土地的表层吸附,残留在大气里,钙化成被大海卷动的卵石。我们吃下过也呼吸过,将它据为了己有。

很多年前,金教过我们如何保护自己,或许那时他就已经预见到了男人们的到来,或许他比他表现出来的知道得更多。我以前一直觉得我那亲爱的父亲无所不知。有什么向他揭示了这个世界的奥秘,仿佛我们的所见和所知都只是一层无关痛痒的外壳,而宇宙那颗古怪的真心隐藏在了壳的下面,除了洞穿那层外壳别无他法达成理解。

"由我来教你们这个有点难。"当我们站在宴会厅里,脚边放着三把小刀时,他承认道。那是他给的礼物。"我想过让你们的母亲来,但最后还是觉得那不太合适。"

母亲不在那儿。她正在午后泡着一个悠长的澡,在我们头上的某个地方,水面上浮着层油。她的脸上贴着一张牛奶和盐做的面膜,可以让皮肤变得光滑柔嫩。关于自卫,她已经无所不知。

"或许有一天边境会失去作用,有毒的空气会飘过大海,"他说,"或许有一天你们会发现自己的嘴或者眼睛流出了血。或许有一天我们已经不在这里,不能再继续保护你们。"

我们拿起刀,模仿起他的动作。很优雅。我想象着空气被劈开,我的皮肤破开。金将刀架在自己的脖子上,只隔了几厘米。

"像这样。"他说,我们也跟着他做,沿着直线把我们的刀抽出来,一次,两次,三次。"很容易。"

"容易。"格蕾丝附和道。他看向她。她又挥了一回刀,然后小心翼翼地把刀放到了地板上。

我是这么做的。我撇下蜷在椅子里的詹姆斯,去了母亲的房间。我把所有的铁块都取下来,把它们放回到我们每年抽铁块的布袋里。我带着铁块穿过花园,走过散发着甜味的护根[1]和积水——那些正在腐烂的东西,空气非常凉爽。路上

---

[1] 盖在植物根部的覆盖物,作用是保持水分、消除杂草,可以是干草、秸秆、碎木料、堆肥等。——译者注

我看了看墙后面的死老鼠，它的胸廓这会儿正受着日晒雨淋，它的头骨也是。"帮帮我。"森林赫然出现在了我的眼前。这里很黑，黑暗是我的归宿，这里有狼，有蛇，还有其他不招人喜欢的造物。

我把铁块藏进了一段倒在地上，里面已经烂空了的树干里。我这会儿正在哭，哦，我真的那么做了。母亲回来的时候会对我大发雷霆，她或许还会赶我走。但这就是缺爱对人造成的影响，我会告诉她，我可以解释。这就是你忍无可忍的时候会发生的事情。我会告诉她所有这一切都是一种觉醒，这昏昏沉沉的梦，这个发现。新的疾病让我的血液沸腾。我剩下的时间不多了，我觉得，但我还是会告诉她，等她回来的时候，带着深切的怜悯握住她的双手，告诉她我说这些是为了做出弥补。我说这些是为了用最真诚的方式来表达我的爱。

我戴着乳胶手套做晚餐，手套啪的一声弹到我的手上，让我心满意足。一层新的皮肤，比旧的那层好。出于体贴，我故意没有把姐妹们叫下楼和我一起，想要把她们保护得比我自己更好。我用罐头、干货、一点詹姆斯抓来后砸开的螃蟹将就着做了饭，但大家都没有吃很多。卢没有出现。经过了球场上发生的插曲，我想到他时仍然会发抖。蝉鸣响得让我们不得不关上窗户，费了番力气才把窗户嵌进已经变形的窗框。我的姐妹们嚼一嚼食物便吐掉，嚼一嚼食物便吐掉，抱怨个不停。她们手肘和膝盖上的皮肤裂了开来，和我的一样，因为日晒和盐水。我吃饭的时候仍然戴着手套，也没有人说我什么。洗碗的时候，肥皂水流进手套里，把手套撑成了塑料气球，我的手在手套里成了一只没有知觉的爪子。我克制着想用切肉刀砍掉它的冲动。

晚饭后，我们三个一起待在露台上，这时大海又送来了一具新的幽灵。斯凯先看到了它，她尖叫起来。自从男人们来到以后，她就经常尖叫，于是我们没有立刻向她跑过去。但当她喊"幽灵"的时候，我们立刻就从躺椅上弹起来，赶紧跑到围栏前。我伸手去捡她丢掉的望远镜，检查了一下是否仍完好无损。格蕾丝去抱斯凯，但她跑开了。她跑向露台的另一头，弯下身干呕。

于是查看幽灵的责任落到了我的肩上。这具幽灵比之前那具更近，更容易看出是人。它的皮肤是一种褪淡的蓝色，比婴儿还苍白，四肢肿胀着。格蕾丝拿开望远镜，把嘴凑近我的耳朵。

"是母亲吗？"她问我，"是她吗？"

"我说不准。"我告诉她。合理的推诿。"我说不准。"我把望远镜递给她，跑到围栏前和斯凯待在一起，不由自主地对着下面的石子地面一个劲儿呕吐。

格蕾丝对着幽灵看了很久。

"我觉得不是她，"她说，"她会回到我们身边的。"

"它靠得更近了吗？"斯凯叫道。她的脸色非常苍白。

"有可能吧，"格蕾丝说，"我总是看不到它在哪儿。我们会监视它的。"

金曾经对我们说过，任何事情你都会慢慢习惯起来。我们很快就对幽灵习以为常了起来，这挺奇怪的。格蕾丝和我分担了监视的任务，这样斯凯就不用再看到它了。

"你说它是从哪儿来的？"我问道。她将望远镜递给我，我小心地把望远镜对准了幽灵上方的天空，接着是水面，慢慢往下移动，直到它占据了我所有的视野。

"大海，"她说，"大海正在放走海里的尸体。"

"为什么？"我问。

"因为一切都在毁灭。"她说。她没有转头看我，但我知道她是什么意思。

幽灵身上没有我们认得的母亲的裙子，它好像根本就什么都没有穿。它离得太远，看不清容貌。老实说，这还让我挺庆幸的。如果那是母亲，我宁愿还是不知道的好。

我看着幽灵随着海浪上下沉浮，但没有往海岸漂来，这时一小团悲伤在我的心中弥散开来。我们之间的空气里有一种以前不曾有过的谬误感，它或许即将吞没一切。这便是你爱的人离开你时会发生的事情。这便是保护不再有效时会发生的事情。

我已经忏悔了那么久，但这份内疚已经让我快要不堪重负。我把格蕾丝留在露台上，自己则坐到刚进走廊的地方，坐到褪了色的地毯上。可我选错了地方，这条无穷无尽的狭窄的通道，两头都压着浓重的黑影。母亲不在时那挥之不去的沉默可怕极了，我再也不能对之视若无睹。我躲进其中一间空关着的房间，等着自己喘上气来，浅浅地吸入稀薄的空气,手脚并用地爬去浴室——我在那里才暂时地感觉到了一点安全。面目不清的女人们曾经在这儿卸下过她们的伤痛,她们吐出胆汁和水,她们哭喊着直到再也发不出任何声音,衣服垂在膝盖周围的地上。

母亲。长裙的褶边都烂了。她的头发一缕一缕聚成堆,每次吃饭时都会掉在桌布上,留在那儿,盘绕成长长的八字形。她曾经领会过成为一个有魅力的健康女人的意义,而我们却眼见着她的身体在我们偷窥带来的内疚中每况愈下。

她总是对我们说她会为我们付出生命。我不在乎,因为我觉得母亲们总是那么说。我应该为你做一样的事吗,我带着近似于恐惧的情绪想道,因为我不太确定我能做到。

我一直都很害怕她那种能对我们突然翻脸不认人的本事,害怕她能在同一句话、同一个举动中同时表现出残忍和善良。我发现格蕾丝也是这样。这一定是成为母亲的先决条件,一定是在身体里养育另一个人所造成的影响,有情和无情,仿佛单纯的同理心被一股脑地挖走,被替换成了某种更加重要的东西,某种更可能保证生存的东西。

只有詹姆斯过来找我,又是他。他蹲下他庞大的身躯,蹲到和我一般高,蹲到能看到我在水槽下蜷缩着的地方。他的眼睛里带着恐慌。

"你看到那东西了,是吗?"他说。

我点点头。

"跟我来,"他说,"我们都在楼下。"他伸出了双手。

男人们都铁青着脸，连格威尔也是。他们三个坐在我们对面，起居室的那头。"那是从哪儿来的?"我们一再地问道，以为他们知道的要比我们多。格蕾丝带着深深的怀疑审视着他们的脸庞。

"是母亲吗?"她直接问他们。男人们极力摇头。

"肯定是从陆地上漂过来的，"卢说，"肯定发生了什么事。"

线索，线索。崩开的天，裂开的地。卢和詹姆斯互相交换了个眼色。

"我们不想让你们看到那东西，"詹姆斯说，"我们必须待在这儿，直到确保一切都还安全。"

两个男人时不时地走开去检查，四处走一走。天开始黑下来的时候，卢给我们拿来了水和梳打饼干，一罐果酱和几个吃果酱的勺子，还有一个米饭布丁易拉罐，然后便又走开了。我们警惕地吃着，眼睛盯着一言不发的格威尔。他抬起头，目光越过我们，看向了我们身后的墙。格蕾丝用手背擦了擦嘴。

"你想要吃点这个吗?"她说，一边递出装着布丁的罐头。他摇摇头，于是她又把罐头拿了回去。

"幼稚，"斯凯非常小声地说道，"蠢蛋，你为什么不回家?"

格蕾丝推了推她。"别这样。"

斯凯没有理会。"你为什么不说话?"她问他，"你为什么不为自己辩护?"

他闭上眼睛，仿佛他年纪很大，正在培养耐心。

看着他那张受到了挫折的小脸蛋，我想知道他是否知道他长大后能造成什么样的伤害。这种常识是否就像一张折得很小的纸一样，纸的中间是个他尚且不能理解的秘密词汇。我想知道卢以前有没有伤害过女人，如果有的话，格威尔是否可以作证，又是否已经有样学样。

"你的母亲。"我对他说，就像我的姐妹们在森林里所做的一样。他摇摇头，但我不是要伤害他，我并没有什么恶意。"她在哪儿？"

他又摇了摇头，这次摇得更加厉害。"我不想提她。"他说。他的眼里泛出了泪光。我走近了他一点，又感到一阵恶心。我身后，我的姐妹们正警惕地看着。

"幼稚，"斯凯又说道，"她只不过是在问你话。"

卢爱她爱到用她的身体造出了一个人。她爱卢爱到愿意经历格蕾丝所经历的一切，那满是血的动物房间。他们之间爱的证据就坐在我面前，现在他的眼睛里泛出了更多的泪，泪珠滚下了他的脸颊，而我很生气，我对他所象征的含义感到了骤然的嫉妒，又一种我永远不配得到的爱。

"跟我们讲讲你的母亲，格威尔，"我又说道，"跟我们讲讲你的女人们。"

我们聚在他身边。我们把手放到他身上，设法安慰他，放到他的肩膀、他的胳膊上。我们把他往后推了一点点。他还太小，肯定不会对我们造成实际的伤害——我们突然意识到这点，感觉飘飘然起来。我们不是怪物，我们并没有想让他难受。我们只是几个想要把事情弄明白的女人。

我应该对他再好点的。我现在意识到我应该爱格威尔，这样才能让卢更好地爱我。所有我做得不足的方面，所有我本可以做得更好的方面。我的手变得更加疯狂。那孩子完全不理睬我们，他打我们，重得弄疼了我们。

"别烦我。"他尖着嗓子厉声说道。我们往后退了退。"走开。"他站起来，走到沙发后面坐下，他的老位置。我们听到他在哭，有那么一小会儿我感到羞耻，但没过多久那哭声就低了下去。

然后他溜出了房间。我们感觉很糟，于是让他走了过去，一个问题也没提。我们没有烦他，试图用这种方式来弥补他，来证明我们不是让人害怕或者招人恨的生物。我们用石头剪刀布决定了最后那些梳打饼干归谁，然后百无聊赖地躺到了沙发边的地毯上。格蕾丝打开一盏小灯，灯光为她镀上了一层橙色。

我不知道我们在那儿躺了多久，但在某一刻，我们意识到天黑了，而格威尔还没回来。我们害怕得不敢离开房间，于是便等着詹姆斯回来。他发现只有我们几个的时候只是耸了耸肩，觉得格威尔肯定是去找他父亲了。

卢回来的时候，那孩子没有跟他一起回来。我和姐妹们昏昏欲睡，我们把指甲摁进手掌里，或者用脚跟踢椅子和地板，因为睡着就等于失去防范。詹姆斯似乎对我们的举动感到迷惑不解。但一切都在瞬间发生了改变。

我们就着手电射出来的光搜索着。我们把所有东西都仔细地检查了一遍。我们跪在草坪上检查灌木下和树后面,脚下和手下压着长得高高的垂死的草。除了大声呼唤自己儿子的名字,卢便一言不发。不要在这个时候碰他或者靠近他,这点道理我还是懂。

海滩上也空无一人,划艇孤零零地停靠在码头上。海浪发出微弱的吸水声。我们三个互相看了看。我们想起了我们参与过的另几次搜索。

"操。"我们在煤窖里面找了一遍后卢骂道。他对着煤窖旁边的土块踢了一脚,转过身避开我们,抬头望向了天空。"操!"

或许大地已经吞没了他。或许大地已经吞没了我们的母亲。或许我们全都会被杀死,一次一个。有什么偷偷摸进了我们的家,把他们给生吞了。母亲的缺席和格威尔的缺席被同化成了同一种黑暗。我非常害怕。卢没有哭,但他板着脸。当我们绕着花园的外围走着的时候,有什么正在他的心中展开,在我们所有人的心中展开。卢一遍遍地吼着"格威尔"。我对我的悲伤、对我的恐慌没有把握,我不知道哪部分是我的,哪部分是卢的。爱让我变得自私自利,让我变成了贪婪的代名词,我没法正常思考。我在森林附近绊到一块硬硬的树瘤,摔倒了,是我的姐妹们把我从干燥的土地上扶了起来。

房子里,我们又聚到起居室里,满身大汗,风尘仆仆。我和姐妹们准备要走,但卢站起来,挡住了门。

"你们待在这儿,"他说,"为了你们自己的安全。"一脸凶残的样子。

格蕾丝试着把他推开,但他抓住了她的双臂,不费吹灰之力。

"待在这儿。"他说,更加坚持。他的手指按进了她的皮肤。我感同身受,好像那是我自己的皮肤似的。

"我想回我的房间,"格蕾丝说,"我累了。"

"你可以在这儿睡。"他说。他的目光在我们之间游移。"睡在沙发上。"

詹姆斯走了,然后又马上回到了起居室里,带来一壶水,一个桶。他把它们放在壁炉附近。

"晚安。"男人们说道。我们还没明白过来发生了什么,他们就走了,门发出咔嗒一声,从外面锁上了。

格蕾丝用身体去撞门,喉咙后面冒出一声低吼。

"那么,事情就这么开始了。"她说道。但事情当然已经开始了。对我们来说,它很久以前就开始了。

我们保持着清醒。我们在守夜。几个月来第一次,我们聊到了金。我们聊到了母亲。我说起金抓到一条小鲨鱼那次,我们吃到了厚实的鲨鱼肉,但他首先把鲨鱼挂到了花园里,吊在一棵树上,这样,当鲨鱼血染红下面的草地的时候,他就能拍到一张好照片。我把手伸进鲨鱼嘴里,一直伸到了手腕。

格蕾丝说起有一天我们的父母都喝醉了,是冬天的时候,他们是怎么点了火,我们又是怎么拆开了一包又一包的食物,就坐在起居室的地板上,野蛮地直接用手吃起了野餐,金往几个小小的压花玻璃杯里倒着威士忌。

"记得那次我们藏在阁楼里,"斯凯说,"我们在那个碗橱里等了整整一天。"然后我们仿佛回到了那儿,像枯萎的花一样蜷在黑暗里,因为我们想知道我们的父母要过多久才会发现我们不见了。他们大概半天后才发现。因为许久不动,我们的四肢都发麻了,但我们真的做到了这么久都一动不动。

所有人都知道，但没有人帮忙。那个秘密让我们所有人都感觉窒息，甚至包括我的母亲、姐妹和阿姨们。她们四处传播着那个秘密。她们用眼神告诉我说，你为什么该逃离呢？你有什么比我们好的？你难道看不到我们的心已经淌血淌了这么多年吗？

母亲不在的第七天,天一亮,男人们就打开了锁着的门。他们充满了歉意。卢用手摩挲着我的后背,尽管是在众目睽睽之下。我感动坏了,第一次觉得有望得到承认。大家都没有说什么。男人们又给我们带来了一些食物,什锦水果罐头、梨罐头,但不太够吃。我们吃完后,便再度开始了搜寻。我和卢一队,我的姐妹们和詹姆斯一队。我们回到了森林里,我们所有人。

在白天的光线和热气里现在我们能看得清了,动物们抓过和睡过的痕迹,蛇经过时在泥地上擦出的轨迹。卢立定下来,仔细地检查着这些。蛇是有毒的,它们会让你的心脏停止跳动,会让你的手指溃烂,一个一个掉下来。我没法把眼睛从卢的后脖颈上挪开,那块袒露在外的脆弱的皮肤在昨天户外的暴晒下发红了。那里正在脱皮,看上去很疼。

是詹姆斯找到了格威尔,在刚过边境的地方,太阳已经升得老高。卢和我听到了哨声。卢突然挺直了脖子,好像脖子被人拧断了似的。他立刻头也不回地跑了起来。

当我看到他们聚在那孩子周围，当我看到他的身体，不难想象发生了什么。格威尔腿上的擦伤说明他是摸着黑跌跌撞撞地跨过了边境，被铁丝网上的倒刺挂到了皮，但那些并不足以致命。他的双臂、双手、躯干和脸颊上都有红色和白色的圆圈，就像靶子一样。他全身都肿着，像只旧枕头般笨重。

是大黄蜂。在我们的森林里土生土长的大黄蜂，总是在靠近地面的地方成群飞翔，庄重并且高贵。过去，有大黄蜂在草地上盘旋的时候我们总是会跑进屋去，尽量不引起注意，一直等到它们对着甜滋滋的水果饕餮了一番后，或是离开或是死去。我想象着格威尔坚定的样子，在灌木丛中挥舞着胳膊，硬是踏出一条穿越边境之路来。他肯定是打到了蜂窝，然后发现自己被叮上了，受到了打扰的昆虫像朵云一般升了起来。

男人们扛着格威尔面目全非的尸体穿过树丛。他们有点笨手笨脚，常常差一点就要摔倒，但他们不让我们帮忙。我们试图碰他的时候他们就发出可怕的声音喝退我们。我们跟在后面，每一脚都落得恰到好处，精确地避开了石头和树枝。在房子里，他们把他放在卢的房间，把床单、被单和床罩都推开。我们待在敞开的门外，看着他们。悲伤压垮了他们，卡在他们的胸口。我知道我们需要摆脱他们。卢两只手握着格威尔的手，握得有点太紧。我离得老远也能看到他把他的手指都挤到了一起。

"你们吓到他了。"卢对我们说。他突然生气地骂我们。"都是你们逼的,你们对他说什么了?"

"什么也没说,"格蕾丝异常镇定地说道,"他肯定只是想回家。"

那大体上是实话,但我还是觉得难过。

卢把我们赶到格蕾丝的房间,他拿出以前放在前台后面的那串备用钥匙。

"进去。"他说。我们刚走进去他就关上门,把门锁了起来。这一次格蕾丝没有去撞门。

我们爬上床,抱在一起痛哭。我们口渴得厉害的时候,是我爬起来去了浴室,往积了灰的玻璃杯里接了满满一杯水,然后一个一个传过去。不哭的时候我们就侧耳倾听着男人们的动静。格蕾丝把她的救生刀放在床头桌上。"以防万一。"她对我们说。但没有人来找我们,也没有人打开门锁。我们把头蒙在毯子里,听不见男人们的动静。没有蒙着毯子的时候男人们也非常小声,小声到可以直接忽略,可以让我们假装那只是风的一记小把戏。

斯凯睡着的时候,格蕾丝转向我。她的脚抵着我的小腿,冰凉冰凉。"你总是很暖和,"她对我说,"就连现在也是。"暗示着我的改变。我想对她说,我还是我。没过多久,我们之间的枕头湿了。

"我们要死了。"她对着我的耳朵说。

"别这么说。"我告诉她。但那句话就悬浮在我们的上空,带着某种确定的调调。我们一阵沉默。

"那是个男孩儿,是吧。"她说道。是陈述的口气,而不是问问题。我吸气,吐气。我不需要回答她是。

"或许男人没法在这里生存,"她说,"或许那才是我们真正得到的保护。"语气里带着希望。我闭上了眼睛。

"格蕾丝,"我说,"格蕾丝,你说母亲是不是已经死了?"

她没有立刻回答。

"没死,"她说,"我觉得没死。"她转过身对着我。"不会做了那么多还死。"

"那你说她在哪儿呢?"我问道。

"我觉得她迷路了,"格蕾丝说,"我觉得穿越边境削弱了她的身体。我觉得她还在海上,可能受了伤,但还是会回到我们身边。"

斯凯醒了过来。"母亲,"她哭道,"母亲。"

嘘,我们对她说,嘘。我们动了动,好让她挪到中间,躺到我和格蕾丝中间。我们捋了捋她的头发。

"她还是会回来的,"格蕾丝说,"明天她就在这儿了。她会从海上往回航行,男人们也会离开。他们会走的,我们永远都不会再见到他们。"

我们用手臂搂住她。她很快就又进入了梦乡,筋疲力尽。

"我们现在该怎么办?"一感觉到斯凯的呼吸慢了下来,我就轻轻地问格蕾丝。

"等,"格蕾丝对我说,"不管多久都要等。"

斯凯待在床上，我和格蕾丝则轮流留意着门外的动静，用身体用力推门。我试着用发夹撬开门锁，但没有成功。为了尽可能听到外面的动静，我打开了房间和浴室里的每一扇窗。外面的空气——提醒我们这个世界仍然存在的证据——让我们大吃一惊。

大约中午的时候，我们听到男人们说着话经过我们的房间。我们一动不动，我们悄无声息，但他们没有停顿地走了过去。我们在窗边看着他们抬着格威尔裹在床单里的尸体走过海滩。他的身体上下颠簸着。即便从远处看去，那两个男人依然显得可怕。詹姆斯差点绊倒，但卢走得很稳，他的背上绑着一把铲子。他们走出了我们的视线。

"他们要把他带去森林。"格蕾丝说。

我以前梦到过女人们躺在泥土和树叶下，但已经很久没有做过这样的梦了。我那颗背叛的心的臆测。

过了很久，声响消失了，男人们又原路返回，一脸严肃的样子，身上黏着土。他们肯定用脏手揉了眼睛，摸了脸颊。

末日就要降临了。我们感觉像是触电一样，像偏头痛发作那样。当我拨开窗帘的时候，我很惊奇没有看到浮满四肢的水面。只是大海而已，和平常没什么两样。或许风浪稍微有点大。在格蕾丝的浴室里，我把手肘撞向贴着瓷砖的墙面，在镜子里看着一块墨黑的淤青浮现。

我为斯凯祈祷，她做着小小的、轻柔的动作，她这样来到了这个世界，如此轻松地融入了我们。我为她收集的石头和动物的小骨头祈祷,为她灿烂的笑容,为她的晒痕,为她剪下的发束——无论她留在了哪儿。

我为母亲祈祷,为她嘶哑的声音、她永远闲不下来的双手,为她的芳香油、眼线笔和失眠,为她像说不出口的脏话一样含在嘴里的薄荷糖。

我为金祈祷,无论他此刻身在何处。为他的真诚祈祷,为他T恤上的破洞,为轮到他做晚餐时他端上桌的那些奇怪的食物——让我们强壮、让我们健康成长的搭配,抹了蜂蜜和油的西红柿,油的量太多,西红柿简直是浮在油里。

我为那些受伤害的女人祈祷,为她们稀薄的头发、干裂的嘴唇和贡品,为在集体祈祷时她们围绕在我身边的奇怪的手臂,为她们喝饱了水的胀起来的肚子,她们紧贴着身体的湿衣服和她们的痛苦,那令人费解的痛苦——现在也成了我的痛苦。

为那宝宝祈祷,他本该是我们中的一员。为他的生命祈祷,他那不曾有过任何机会的小小的身躯。为宝宝念的祷词仅仅是"对不起,对不起,对不起"。我捏着我的鼻梁,镜子里的我眼睛通红。

我为格蕾丝祈祷,为她冰凉的身体、冰凉的双手和冰凉的心,为她在我总是失败的方面获得的成功,为她双耳后的泥土,为她在我替她编头发时总是掉我一手的头发,为她的直率,为她的身体散发出的动物般的气味,为她的疏远。祈祷的时候我在想,我以前怎么可以以为我们俩是同一个人身上的两个部分。我知道我会不惜一切地回到那里,为了再度和她待在一起，我们的手紧紧握着，被我们的父亲按在水下，光线在我们四周像彩缎般散开。我可以死在那里，她的脸和我的脸近在咫尺，她的嘴紧抿着。那完全没有什么关系，那会是一个小小的善举。但我们的父亲总是把我们带回水面，在我们把呛进嘴里的水咳出来的时候，把我们举到阳光和热浪里去。

漫长、酷热的午后的某个时候，格蕾丝的房门上响起了一记敲门声，然后是打开门锁的声音。我们都互相看着。

"你们好。"卢在我应门后说。他面色灰白，但神色平静，穿着一件金的干净衬衫。他看看我身后，看了看房间里面。

"下楼吧，"他说，"我们煮了饭。"那可能是个圈套，但我们的肚子饿得咕咕叫。我们跟着他下了楼。

"我们把格威尔葬在森林里了。"我们吃着只用面粉和水做的煎饼的时候，詹姆斯说道。我们口干舌燥，小口抿着淡得不行的咖啡。"我们想要尽快把他埋掉，"他停顿了一下，"我们不想有别人在场。"

我和姐妹们都没有说话。男人们没有提为什么要把我们锁在房里，他们没有再说格威尔的死是我们造成的。

吃完饭后，我们陆续走出房间，但卢在我要走出去的时候抓住了我的胳膊。

"别走，"他说，"和我一起散个步。"

那不是在询问。我看向我的姐妹，她们点点头。

我们沿着海岸上水刚好淹到沙子的地方走着。卢踢了下沙子，他的脸轮廓分明。我本能地看了看海里有没有鲨鱼的背鳍、更多的幽灵，但海里什么都没有。

"你好吗？"我问道。他笑了。

"你觉得呢？"他答道，"不太好，莉娅。不太好。"

"对不起。"我说。

"那不是你的错，"他对我说，"你不知道怎么和人交谈，你不知道在这种情况下你应该说些什么。你可以说，比方说，很遗憾你失去了亲人。"他的声音里带着一点哽咽。

"很遗憾你失去了亲人。"我学着他说道。

卢突然转向码头，朝着划艇停着的地方走去。我疑惑地看着划艇。

"我们划船出海吧，天气真好。"他说。

"那样不太安全。"我说。

"没什么不安全的。"他对我说。不知怎么地，我发现自己正在上船，船里的水浸湿了我的鞋子，让鞋子的颜色变得更深。我想起我愿意为他付出一切。

我由着卢划船。水没有立刻进到船里，但我知道很快就会。空气有点闷。远处的天空传来一记尖锐的声音，或者只是我耳朵里的声音，我分辨不出来。海面有些太过平静。我抓着船的侧面，抓得指尖都僵住了。

"你干吗那么害怕？"卢问道，"你这样我他妈的根本放松不下来。"

"我没害怕。"我对他说。

"我看得出来你害怕，你整个人都好紧张。你在怕什么？"

他问道。他的桨拍打着水面，他提高了声音。"在怕什么？"

我看到了他插在皮带里的刀，已经迟了。船底的绳子，盘在他的脚边，这会儿已经被水浸湿了。我呼吸急促起来，我知道我要死了，他甚至不用碰我。

卢看着我。"你惊恐发作了。"他说，带着一种近似于惊诧的口气。

"我要死了。"我告诉他。

"胡说，"他说，"你会没事的。"他伸出手握住我的手，手指捏了捏我的手掌跟。我往后一缩，但他只是大声数着我的脉搏，直到我的呼吸恢复正常。

"我们就停在这儿吧。"他放下桨说。

我永远不会离开家到比这儿更远的地方，我永远不会做一个跨过边境的人，我永远不会再离开我的姐妹。谈判，或者领悟，或者两者都是。我的脚边是阴冷的水，污垢的印痕。我终于也为自己祈祷了。为阳光下的日子祈祷，为海葵和形状完美的石头和打在我手上的冰冷的水，以及异常干净的感觉，以及动作，迅猛的动作，从树上飞向天空的鸟儿，贴在我皮肤下的滚烫的石板屋顶，我为这些祈祷。

当我抬头的时候，卢正盯着我看。我居然曾经觉得他的眼神和善，现在这似乎有点不可思议。我的身体一直在让我产生错觉。

"我要回去。"我说。

"我累了，我还不想回去。"他说。他还在看着我。"我们是不是离房子太近了？"他问道，"我们会被看到吗？"

我们是太近了，但我摇了摇头。他向我伸出手，我解开了他衬衫的纽扣。

他在中途停了下来，拿起了绳子，于是我知道时候到了。即便我的肺受过良好的训练，我也不可能在手被绑住的情况下在那样的水下坚持两分钟以上的时间，但我感觉非常平静。他在我的手腕上打结的时候我想的是：这不会是这个世界上最糟糕的事。一命抵一命。我一直都有为我的姐妹们献出生命的准备。

"相信我，"他说，"你会喜欢的。"

我任凭这个悲痛中的男人做他想要做的事。在太阳下紧紧闭着眼睛，红色的光线在我的眼睑后绽开，我等待着。快乐的回声去而复返，在某个地方，我的心脏在胸腔中跳动着，因为他一定仍然真的爱着我。

我突然回忆起了母亲消失后的头几天里我躺在躺椅上的画面。我累了，寻找着姐妹们的身影，但太阳晒得我有点受不了。我在一小块阴影里睡了一小会儿。卢坐在躺椅的边缘，握住了我的一只脚踝，于是我醒了。他的动作异常温柔。轻而易举地触碰着我，没有任何顾虑，然后他走了。我让那只脚继续一动不动，结果脚都麻了。又一个病理反应。

他松开绳子，马上迅速地穿好衣服，坐回到远离我的地方，把头埋进手里。沉默持续了一会儿。我在考虑要不要说出我仔细思考过的那三个字，那会不会改变什么。

"那是最后一次,"他对我说,"绝对是最后一次。"

"为什么?"我问道。

"莉娅。"他说。他的头在手里埋得更深了,然后他猛地一下抬起头。他直直地看着我。"我们不能再这么做了。我以前就对你说过。"

我决定无论如何都要说出那三个字,或许那能让他回心转意。我轻轻地说了出来。

他转过身,看着房子,然后又转向我。"我以为你不会受那种事情的影响,"他绝望地说道,"我以为你或许会和她们其他人不一样。"他的嗓音里还带着点别的什么。我过了几秒才明白那是厌恶。

"天啊,"他说道,把桨扔到船底,"我在服丧,莉娅。我正在竭力让自己保持冷静。你能至少让我那么做吗?你能明白不要给我增加任何负担吗?"他有点太大声了。"你在期待什么?"

期待被彻底改变,无他。期待知道那是否值得,在我身体里的某个地方,我让我们所经受的东西。

"对不起,"我说,"但是我爱你。"

当我的嘴中吐出那些词的时候,他退缩了,而我知道那至少是我还在不停说着那三个字的一部分原因。

"我现在没法处理这个,今天不行,"他说,"永远不行,如果我说老实话的话。对不起。我不期望你能理解。"

但我的确理解。"你很残忍,"我对他说,"你残忍极了。"

"我不否认,"他说,"但你能体谅我一下吗?我经历了那样的事情？你根本不懂。"

我泛出了泪水。我看着他的脸，他半皱着脸，嘴唇向后撇去，我努力不去恨他。

"别哭，"他说，"我才是该哭的那个。"然后他真的哭了起来，手背贴着眼睛。

"对不起，莉娅，"他说，"我不是个好男人，即便在最好的时候也算不上是个好男人。"

"那你当初为什么要那么做？"我问他。

"有什么为什么吗？"他对我说。那不是一个询问。盐从我们周围的海水里泛上来，我意识到我已经不想再听了。

"我们得回去了。"我说，用衣服褶边擦着眼泪。他转过湿漉漉的脸不看我。我们没有再说话。那是个机会，趁着他背对着我，但我什么都没有做。我没法伤害他，尽管我的心正承受着剧痛，仿佛我吞进了空气似的。

我们在码头上一言不发地分别。我允许自己最后看了一眼他颀长的背影，在岸上渐渐消失，渐渐走进了房子里。

我沿着海滩走着，哭得那么厉害，以至于眼中的地平线都在奔向天空的时候漫出另一条来，变成了两条。痛苦让我几欲摔倒，但我不管不顾。我走到潮水潭那儿，一个水潭接着一个水潭地看过去，让自己转移注意力。海葵和蛤蜊长得特别肥大。在退潮后露出来的光滑的玄武岩面上，我走到了我敢走到的最远的地方。

往回走的时候，我看到有东西戳出了沙子，可能是石化的木头或者来自旧世界的垃圾。一面彩旗。我走近了些，先是用脚踢掉了上面的沙子，然后跪下来，继续用手拨掉沙子。破碎的木板和玻璃纤维露了出来，刷着白漆和红漆，一只马达破烂的边缘。沙子让这些东西陷得太深，它们要么已经在那儿好一阵子，要么就是有人把它们埋在了那里，我拉出更多的碎片的时候想到。

我把沙子又埋回去了一点，然后站起来。你现在不用想这些，我告诉自己。我终于在需要的时候向自己表现出了善意，这难道不好吗？我头也不回地走开了。我以后再来想这些，但不是现在。

我去了宴会厅，坐在钢琴前，一个接一个地敲着音符，这样敲了一会儿。

不要再那么放纵自己了，当我注意到有水落到琴键上的时候，我在心里对自己嗤之以鼻道。我挖出过许多颗心脏，多到足以明白那只是些胶状的圆球，甚至连鱼都有。

然后，如果您能把他那颗黑心砸扁，我愿意把我的灵魂交付给您，我三心二意地和大海交涉道。如果您能把他淹死，我将永远都属于您。

但如果他死了他就再也不能改主意了，就再也不能对我说他其实是爱我的，于是我惊慌地收回了我的话。对不起。

我只是不会再爱了，但我并没有别的地方可去。

我听到了脚步声，我希望是卢来找我的脚步声，来告诉我他错了。我站起来，发现原来只是格蕾丝。

"莉娅。"她说,抬起了她的手。她的手上都是土。我眨了眨眼,又看了看,暮色时分的阳光在玻璃窗上的反光让我眩晕。那是血。她的白色睡裙的前片上都是血,她的胸前有一大块深色的血渍。她受伤了,我想到,向她迈近了一步。她要死了。她又叫了一遍我的名字,放下了她的手,而我又迈近了一步,接着又是一步。

那是很久以前的事了，我都已经说烦了——世界上最古老的故事，但我还是没法把它放下，我没法制止它拖累我的身体，所以不要让我再讲一遍。故事并没有在我这里结束，甚至都不是从我这里开始。你可以自己想象。你可以对自己讲述这样的一个故事。

三

姐妹

格蕾丝

我经常想到那个掉下楼的女人。当时我正在海滩上，所以目睹了一切的发生，尽管离得有点远。但我记得她突然出现在窗口的样子。她向我招手，或者可能只是碰了碰自己的脸，把她的头发捋到一边。我确实向她招了手，这是我唯一能确定的事。然后她从窗台掉了下来。海滩上还有两个女人和我在一起，她们向她跑过去，尖叫着，虽然对于我们而言，尖叫疗法已经快过时了。你认为这种疗法只会让事情更糟，而不是更好。而我们不想让事情更糟。

是那掉落的运动而不是事情带来的创伤把我拉回到了那段记忆里。那些日子里，我的身体总是处在一种感觉像是永恒运动的状态里。围着花园、海滩、泳池绕圈，活动着手，站起来拉伸。我一刻都停不下来。而那是个特别的姿态，那种姿态很美。掉落，然后静止。

后来的日子里，我和莉娅偷偷地在其中一间空房里把床垫拉到地上，我们试验了好几个小时。我们爬上凳子，让我们的身体坠落。但我们的动作推力太强，不够自然。我们过分地渴望。

很多年前我就想过问你：那所有一切都到底他妈的是怎么回事？你告诉我我一定是搞错了，并没有人掉下楼。孩子们总是喜欢夸张和想象。每当我试图打开楼上的窗，却发现那些窗都被油漆封住了。而你告诉我，嗯，是的，窗户被油漆封住了，这样才能保护好孩子们，远离那些不顾一切想要寻死，想要把石头吞下喉咙或者把自己活埋的危险的小人。换句话说，那些都是为了我。

或许有一年的时间，我发现自己相信了窗户一直都是关着的说法，相信了那个女人的事只不过是我眼花。但就在女人们来到我们这里却开始被拒收之后，在那天之后，有一天记忆突然又打开了，尽管你做出了那么多的努力，而那一次我决定任由它打开。

我计划为我自己的孩子取名为木兰，那是花园里我最爱的树的名字。它很少开花，这两三年差不多都快要死了。离我们不得不用链锯把它锯掉的日子已经不太远了。

我本来会把我的女儿包在襁褓里抱着，当紧急事件发生的时候把她绑在我的背上，涨潮的时候，天塌下来的时候。

母亲离开后我便一直把枪放在我的枕头底下，和我的刀放在一起。每天早上我都会摸一摸它的金属外壳，让自己对那些机械装置渐渐熟悉。我把它拿在手里，感觉冰冷并且真实。有一次我拿着它去了露台，那是一个下午，所有人都在楼下的泳池里。我把手肘支在一张躺椅的靠垫上，一次瞄准一个男人。我一连往卢的身体射了四五发假想的子弹。确实起到了帮助。

莉娅和卢走后，詹姆斯让我们跟他走。我们跟着他上了露台。"空气，"他对我们说，"我们需要空气。"对此我没有任何异议。詹姆斯躺在一张躺椅上，将双手蒙住脸。他自顾自地流下了那令人作呕的男人的眼泪，并不关心我们是不是在那儿。我本质上还是有同情心的，于是我让他继续哭着。他身边的桌子上放着那架双筒望远镜，是上次看完幽灵后留在那儿的。我注意到海上有什么东西，一艘船。我用望远镜扫视着大海，看到了我亲妹妹的脸。卢碰了她。他用他那粗壮可怕的胳膊搂住她。而我却无能为力。

*

我想不起任何有关那个旧世界的事情，虽然你坚持说我有那样的记忆。你说起这些记忆时好像是在说某种弹片似的——在我心中、在我身上铸成的伤害，旁人没法看见。我实在对想起这些毫无兴趣，但你并不认为我的意愿有什么要紧。

有一天只有我们在一起，母亲在楼下的什么地方，可能正在小睡，这时你向我解释说，你已经救了所有你能救的人。也就是说，我们证明了我们自己是唯一值得拯救的人。

大楼熊熊燃烧的时候，你会救回你的至爱。我知道这点。但对于一名父亲，你解释说，事情永远不是那么简单。

詹姆斯坐了起来，看到我在望着大海便也眯起眼睛望了过去。

"把那个给我。"他指着望远镜，用前所未有的命令的口吻说道。我不想给他，但还是给了他。他拿起望远镜看了大概半分钟，然后便放了下来。

"跟我想的一样，"他说，"好吧，事已至此，已经于事无补了。"

斯凯也想看，但他摇摇头。他把望远镜扔到地上，镜片摔碎了，但我和我的妹妹没有退缩。他身上新出现的那种占有者般的暴力让我觉得有趣。他终于不可避免地暴露出了他的本性。他的脸皱着，跟你最后那段日子开始表现出来的样子一模一样，仿佛他的肌肉需要很费力才能维持住表情，而那几乎让他崩溃了似的。我非常平静地看着他。我在审时度势，考虑着下一步要怎么行动。

他抓住我的两个手腕，低下头严肃地看着他肮脏的指甲触到我静脉的地方。我没有制止他，虽然那让我厌恶。

"我想跟你说点事，"他说，"我需要告诉什么人。抱歉那个人是你，但我又能跟谁说呢？"

我总是能引来男人们的忏悔。我对他们来说不是陌生人。消化内疚和悲伤正是这个世界期待女人们做的事。这是你教给我的关于爱的课题之一。"好吧。"我告诉他，我也曾这么告诉你。

"我们到里面去，"我说，"我们去我的房间，但斯凯得留在这儿。"

他点点头。斯凯抗议了一下,但我看了她一眼,让她安静下来。我希望她能想到要躲起来。

最近几天,我一直在为我们的世界撰写一段单调的悼词。再见,树。再见,草,发黑了,快死了。再见,大海和沙子。再见,石头。再见,鸟。再见,老鼠、蜥蜴、昆虫。我在某种程度上知道,我们的日子快到头了。我们头上的天空就要燃尽,边境将无法再维持下去。

詹姆斯走在前面,而我继续着我的流水账。再见,墙纸。再见,黄昏来临前那动人的光线。再见,地毯。再见,天花板和剥落的墙灰。再见,门。

詹姆斯拖着脚走路,仿佛有什么地方很疼,他一只手轻轻地按着胸口。

他在我的房间里做了忏悔。灰尘在光线中打转,窗户打开着,带来了海的味道。他先说了些不相干的事情,先说了一些我已经知道或者猜到的事情。"我吻了莉娅。"过了一会儿他对我说。他咽了口口水。"或者说她吻了我,但我没有马上阻止她。我的确想要吻她。"

我不置一词。他的嗓子哑了,于是我给他端来一杯水,他喝完后我去浴室为他又接了一杯,水从水龙头里流出来,灌满杯子的时候,我在镜子里看到了自己的眼睛。让他继续说,我告诉自己。离得远远的,我告诉我的妹妹们,无论她们可能在房子里的哪一个角落。

"世界并不是像你们所听说的那样。"他喝完第二杯水后说。他现在有点无所顾忌了，仿佛他喝下去的水不知怎么地触发了他身体里的什么，让他变得更加坚决。他说话的样子仿佛正置身在很远的地方。"我是说，世界的确非常糟糕，但你们听到的许多事情都不是真的。"

我问了他关于女人的事，她们逐渐衰竭的肺和皱缩的皮肤。我亲眼看到了证据，亲手从地上扫掉了她们的头发，烧掉了沾满了血的手帕。他耸耸肩。

"我不是无视她们的痛苦，"他说，"但她们只是少数。不幸哪里都有，无论你去哪儿都有疾病的存在。"

"但男人正在杀害女人，这点你不能否认吧？"我说。

"好吧，不能，我不能否认。但事情并不是像你想的那样。"

那么告诉我，我不耐烦地想道。

我们是可以去外面的，他告诉我，女人们有时候戴纱布口罩，但那只是做作，不过都是烟幕弹，是反应过激。我们是可以安心吃东西的，食物不会卡在我们的食道里，不会让愤怒流遍我们的五脏六腑。我们并不会被世界毒害，如果我们担心的是那个。我们可以和任何一个女人一样，只采取一般的预防措施。是的，我们遭遇暴力的风险是要高一点，但即便他是个男人，他也不能完全无视这种风险！在这点上他不能骗我们！但是——在那儿我们也可以悠闲地坐在泳池边，我们还能遇到别人，别的女人，当然也有男人。或许会和什么人相爱，如果我们想的话？他本人的语气，像是抛出了一个问题，几乎充满希望。好像那会是吸引我们的东西，是加在这整件事里的一点甜味剂。

和你在一起的最后那几年里，尤其是那最后几个月里，爱教会了我许多。女人也可能是敌人，这是它首先教给我的事。过去，现在，和未来。我发现自己迟迟不能入睡，在房间里不安地走来走去，而这让我感到恐惧。当你在早餐时一个劲儿地吻着母亲的脸颊时，我不得不转过脸去。妹妹们并不构成任何威胁，但我看待她们的方式还是变了。我第一次发现会有女人拿走我想要的东西，于是我变得更加会保护自己。我独自改变着，花时间冥想，把你给我的礼物推到床下，把它们藏起来，这样别人就不会知道。

爱也教会我失去是一件与你如影随形的事情。以及安全的感觉往往只是暂时还没有受到伤害出现而已，它和安全并不是一回事。

*

詹姆斯还在说着我们有可能过上的那种生活。我们可以去探索高山、湖泊、海岸的美景，这片局限的海岸以外的国家。我们可以穿亮闪闪的衣服，可以走在人群里，脸上吹拂着热乎乎的晚风，感受着食物的香味和烟火的气息。詹姆斯带着前所未有的威信说着。世界对他并不友好，我看得出来，可他还是爱着这个世界。那是一个属于男人的地方。他的幸存是不言而喻的，是理所当然的。

他的谈兴越来越高。"瞧，你们待的这个地方，只是世界上的某一个部分，但世界远远不止这些，甚至也没有那么遥远。你要花很久才能穿过森林，但如果你从海上走，离开海湾只是一眨眼的事情。"

我一直都认为我们的家是一座岛屿，一处治愈之所，一个世外桃源，一个遭到忽略和遗忘的地方，一个地理上的奇迹。但它也是大陆，就和别的地方一样，它只是这片粗俗、有毒的大地上的其中一个部分。你向我们撒了谎。还有别的谎言吗？

我的震惊是生理上的，我的手指和手臂震颤着，但詹姆斯没有注意到。他反而不再说话了，他站起来，走到窗边。回忆起世界的那一面，他变得更加平静了。他把额头贴到了窗玻璃上。

"我们联系到人了，"他望向大海时说，"我们找到了办法，他们就要来了。"

"那我们呢？"我问道。我已经在想我们可以躲在哪儿了，男人们准备离开的时候我们可以避避风头的地方。他们想要什么就可以拿什么。拿在手里沉甸甸的银餐具，你的笔记。他们可以把格威尔的尸体从土里挖出来。他们可以把整座房子夷为平地，我一点也不在乎。

"格蕾丝，"他转过身说，"你和你的妹妹们，我们也会带你们一起走。"他坐到地板上。"金还活着，是他派我们来的。"他抬起头看着我。"这一切都是为了你们，从头到尾都是。"

*

但我并不想要这样,女人们全都离开后,还有你也消失后,有时我对着镜子里的自己这样说道,我他妈的从没想要这样。我会屏住呼吸,回忆起那次我在森林里散步,然后意外地发现了边境,我如何毫不犹豫地跨过了铁丝网。妹妹们都毫不知情。

你很快就找到了我。我并没有走得很远。笨手笨脚,缺少装备,一个以前从来不曾逃跑过的人,只是在那个当口才临时起意,想到了逃跑。阴郁的秋雨填满了我的脚印,头发紧贴着我的脸颊。我只穿着睡裙,脖子和肩膀都光秃秃的。我以为你或许会在那里杀了我。我是对失败的许可。我身上正有什么东西在发生着改变,在去往一个你不能跟随的地方。但你可以用胳膊把我举起来,把我扛回去,即便我打你的脸,试着把你的眼珠子挖出来。于是你把我放下,绑住了我的手。

我便是这样懂得了你那句口头禅的真正含义——"在家庭的爱的名义下,一切都是正当的。"

有那么片刻我觉得透不过气来。我对我的直觉感到失望。我是那么肯定我感应到你死了,你的身体不再向我的身体发送信号,人们相爱时身体便会那样。以前我隔着好几个房间都能感应到你的存在,当你正在穿越大海赶回到我们身边时我就会知道。但我错了。

詹姆斯告诉我你提醒过他我们会害怕。你对他说我们有可能会伤害自己。我们就是被那样抚养长大的,脖子上架着那些小刀。我们必须被完好无损地交还给你,这是重中之重。男人们务必要小心再小心地进行。赢得我们的信任,展现他们的脆弱。

"他本来想让你在远离这儿的地方生下孩子,"他说,"那本该是个新开始。"

"但我不想要。"我说。我指的是新开始。

"他们正在来这儿的路上,再过几个小时就到了。事情不会那么糟的,我向你保证。我会保证做到这一点的。"他向我伸出他的手,但我没有去握。

那年仲夏我曾经出走过,我和莉娅发现我们喜欢在过去的温室里裸着上身晒黑。那里氧气非常充足,到处都是摔烂的花盆。我们把自己卧室里的垫子拖到那里。我们躺在垫子上面,打开玻璃屋顶上的嵌板让空气流通。我们被关着,但那是我们自己的决定,难得那么一次。不再有人照看的植物,它们富有光泽的叶子遮蔽着我们的身体。那时我们还不知道身体是可耻的。

爱总是会要求你作出牺牲,现在我算是知道了。总是会需要同谋。我想起很久以前的一个晚上,母亲在晚餐时对我们说:"即便这是一个失败的乌托邦,至少我们试过了。"

那时我并不明白她是什么意思,妹妹们也不明白。她喝醉了,刘海俏皮地歪在一边。那天早些时候,她往自己的额头上大刀阔斧地一剪，结果把刘海剪坏了，幸好我们逃过了她的剪刀。你告诉她她看上去很丑，于是她哭了很久。她的眼睛仍然红着。

你知道她是什么意思，这是当然的。当她说出那些话的时候，你变得异常安静，空气里满是你危险的沉默。我们僵在自己的位置上，不知道接下来会发生什么。

"睡觉去。"你对我们说。我们关上身后的门，听着门后面的动静，手贴在木头墙壁上。你在说话，声音压得很低。我听到母亲提高了嗓门，然后声音又低了下去。

我们最后还是去睡觉了，但在那之前我听到母亲又哭了起来。她一下子提高了声音，响到足够让我听清一个句子。"我们还能继续这样多久？"她说，"多久？"

最大的孩子必须最最坚强，不然她就无法逃脱发生在她身上的错误。最大的孩子的身体天生就是武器。很多年后她这么告诉我。"那么说你有事情做错了？"我问道。她一直看着我，眼神呆滞。她知道我是什么意思。"我不是任何人的武器，我只是我自己的武器。"我对她说。

"母亲，"我说，迫切地寻求着任何可能得到的安慰，"母亲和他们在一块儿吗？那些来接我们的人？"

他只是看着我，他的眼睛比以往更加湿润。

"你杀了她，"我说，并不是在提问，"你杀了她。"他低下了头。

"不是你想的那样。"他说。

那就是卢，还会是谁。

"金只想要你和你的两个妹妹，"詹姆斯说，"你还很年轻，格蕾丝。"他停顿了一下。"三十岁从头开始并不算晚，一点都不晚。如果你担心的是这个。"

我们是你的所有物，是理应属于你的私人财产。母亲已经不行了，成了累赘，我取代了她。年龄只有她的一半，身心都为生存做好了准备。就是这么简单。如果你在我们身边，你会这样理直气壮地向我们解释，而我们会将之视为唯一理智的做法。

"你之后还有很长的人生要过呢。"詹姆斯说。他看着我，眼神里带着让人难以忍受的怜悯。

也已经过了很长的人生，我想对他说。那些岁月像一堆水一般聚在一起，好像一个沉重的浪头。我无法忘记那些日子，让它们继续像浪头一样冲刷着我吧。我不会忘记。

一天早上我们发现温室被毁了，玻璃散落在铁丝架周围，像一条闪闪发光的毯子。你发现了我们在干什么，于是用大锤锤向了每一块玻璃。你本来或许还会凿穿我们的心脏。

詹姆斯谈到了更多细节。是母亲的错，他解释道。一开始是她羞辱了卢，光身搜查，不给他水。即便是心地比他更善良的男人，也会在心里播下仇恨的种子。真的不能怪他。这件事几乎就是个意外，一种正当防卫。他低估了他的力气，低估了他双手的握力、他打人的轻重。

"你能理解的,是吗?"詹姆斯问我,"你能理解那为什么会发生,对于他那样的人?"

有的男人天生就会造成巨大的伤害。这是他们与生俱来的能力。你警告过我们。你也是其中之一,虽然你永远不会承认。

詹姆斯和卢帮她合上了眼睛,在她身上放上钓鱼用的沉子,将她独自撒在了大海里。

我曾在遥远的过去和那些受伤害的女人们说过话,在我还能和她们说话的时候。那时我还小。她们不愿意告诉我细节,只是把神秘又没什么用的小玩意儿放到我的手心。手感粗糙的香皂,串在股线拧成的细绳上的贝壳。我讨厌这些贡品,更甚于我们肿着手指绣出来的刺绣样品。每一件东西都带着沉甸甸的寄托,却没有一样有用。

我需要从她们那里得到的是信息。我那时就已经知道把自己武装起来非常重要。要了解你的敌人。当你和母亲偶尔向我们说起那个世界的事情时,你们总是进行着某种控制,为我们预留好了缓一缓劲的时间。那样并不足够。

我知道得越多,就越意识到即便身体与那个世界隔绝也无法拯救我们。全体女性都是暴力的受害者,无论有没有边境。那已经流淌在了我们的血液里,被刻写在了我们的集体记忆里。男人们终有一天也会冲着我们而来。

那便是愤怒的源头。受伤害的女人们的怒意更重，但我们心中同样也有。潜在的可能性。我仍然会在睡梦中尖叫。莉娅也是，不过我从来没有告诉过她。我们并不是不曾遭遇过任何残酷的对待。

每当有了新的发现，我都发现自己在用一种新的眼光看待你，与那个世界决裂的你，声称把对女性的爱置于一切之上的你。或许你已经在伤害我了，以爱的名义。那时我还不确定那会在我身上如何表现出来。

但没过多久我就知道了。我腹部的疼痛，我嘴中的金属味。我一贯都是像孩子一样趴着睡觉，但我的胸口开始疼得厉害。有一段时间我以为自己快死了。

现在我想知道有关男人的一切，第一次也是唯一的一次。我看着詹姆斯湿漉漉的泛着红光的面庞，想要知道他的经历、他的心碎故事。那把他、把他们带到这里的，让他们偏离了生活轨迹的决定。我想象着两兄弟在格威尔那么大的时候，在泥土中扭打的场景。我想要找出是什么让他们成为他们。我想要知道我要怎么做才能也变得残酷无情。

"告诉我你是怎么认识金的，"但最后我只是这样说道。将这些男人从你身边带到我们身边的谜团。

并没有什么特别的。他们几十年前就认识了你。你曾在你的时代里制造过恐怖。要说你是哪种类型的男人的话，你可能是有五百条命的那种，你可以像抖掉死皮一样把所有这些命一层层地甩掉。

我以为我会听到是你的所作所为让卢来到了这里，但并不是这样。欠你人情的是詹姆斯，卢只是跟着他来的。你对此表现得非常仁慈，他不想看到他的哥哥被杀。那也是一种爱的举动。如果有什么是我们了解的话，那就是爱的举动。但这并没有让我更好受一些。

"金认为你们在这儿的生活是失败的，"詹姆斯对我说，"金认为一个全新的开始对所有相关的人都是最好的。"

我不知道他是什么意思。我们的生活是属于我们的。

詹姆斯又在哭了，哭得非常绝望，仿佛意识到他的忏悔并没有改善任何事情。什么都不能让他感觉好过一点。

"我对你说得太多了。"他说。他抓住我。我把眼睛闭上了片刻。

"我们是不会走的，"我对他说，"你不知道金是什么样的人。"

"我知道，"他说，"哦，相信我，我真的知道。我很抱歉。"他一时哭得太凶，以至于说不出话来。"我为我们对你和你的家人所做的事感到深深的抱歉。"

我靠近了他一点，用一只手臂搂住他。他紧紧抓着我，仿佛正在溺水似的。我一只手轻轻地拍着他的背部，另一只手在枕头底下摸索。我的手从枪上爬过去，摸到了刀。刀非常锋利，我以前不小心割伤过手指，却几乎没有发现。一个干净得没法再干净的伤口。这是更安静的选择,感觉对的选择。我正在竭力生存,用你教我的方式。

他的头仍然靠在我的肩上,他的泪水濡湿了我的衣服。我的心中滋生出了一种新的残忍,又或许它一直都在,蛰伏在那儿,等待着紧急事件的发生——或许你是第一个看到这种残忍的人,或许你对我们的看法从头到尾都是对的。我举起了我的手。

那感觉很奇怪,那些让你走到这一步的事物。当我把刀伸向他的脖子,用力往下压,刚刚好瞄准了耳下的部位,拖着刀一直划到下巴下面,那时我或许想起了你抓住鸡的脚把它们提起来,把刀抹过它们的脖子的样子。那些鸡挣扎着,而你对着它们大笑。那是在岸边,这样大海就能冲掉血迹,把鸡血作为礼物收下。剩下的家禽羽毛稀稀拉拉的,它们害怕地聚到了一起。

我或许还想到了给兔子剥皮的场景。从喉咙到尾巴,一条利落的划口。它们湿漉漉的身体仿佛果肉一般。我们后来就不吃兔子了,因为毒素含量太高。兔子们可以跑过边境再跑回来。

然而,我想起了你试图拯救我的那些黑屋子。将我的伤痕清理干净。你的大手放在我的头上,感应着我脑袋里的记忆,我不应该知道——推理出来的,被植入的,真实的东西。一台冒着烟的有轮子的金属机器,一片高楼高耸入云的天空,一个跌倒在露台上的苍白女人,金发散了一脸。

我想起了我的妹妹们，和我以及母亲站在一起，拍摄我们的年度肖像照。你，把相机盒子抬到三脚架上。你，在那间狭小的浴室里冲洗照片，隔绝了所有光线，洗手池里满是化学药水。你，有时候在那里抱着我，紧紧地抱着，紧得过分，周围漆黑一片。没有人会去打扰工作中的男人。我喜欢那样，那种紧得过分的感觉，虽然我不是一个习惯喜欢什么东西的人。照片被郑重其事地挂在起居室里。没有男人被记录下来，男人的角色是进行记录。对我们的生活进行必要的展示。

我想起了和莉娅一起在泳池里被淹下水的情景，那时我们还是同一个人，宛如树心般被从中间一分为二。当那样的经历开始的时候，我们每晚都惶恐不安。我们被按下水面时，莉娅的脸就在我的面前。莉娅伸出手来握住我的手，让我不要再剧烈挣扎。她总是适应得更好一些。那时事情还算容易。我们尚且属于彼此，并不存在哪份爱该去哪儿的问题。

最后想起的情景：我们三个在我的房间里，喝饱了水，胀着肚子。我们全都感到百无聊赖，那种感觉在我们身体上方的空气里嗡嗡作响。莉娅刚刚才开始真正的自残。我们应该要心怀感激。

简直乱成一团，非常恐怖。他惊恐地往后一个趔趄。这跟母亲告诉过我们的不太一样。我没有目睹过任何人的死，但现在我就在现场，面对着死亡的荒谬。

我把枪和刀放进口袋。拉上窗帘，上面沾到了血。我不再在乎了。让血弄得到处都是好了。我转过身背对着那耷拉着脑袋的尸体,在地上坐了很久很久。

和你相爱是什么感觉:糟糕透顶,即便你后来表示,严格说来这是没有问题的。家庭的爱变得更浓烈了。只不过我不是你的亲骨肉。只不过你把我视若己出般抚养长大。只不过我不认识其他的家庭,于是根本无从比较。

那感觉就像是永远过不去的宿醉。一阵突如其来的彻头彻尾的恶心,和后来怀孕的感觉没什么两样。

"那我对妹妹们来说是什么人呢?"在你告诉我我真实的身份后我问你道。你说我仍然是她们的姐姐,但只是同母异父的姐姐,我的血管中流淌着四品脱别人的血。随着我年纪渐长,随着我们三个渐渐分离,这其中的区别或许就会慢慢显现出来。我哭着发现我身体里有一半的血是不可知的。我怀孕后,一个疑问再度出现在了我的脑海里:我身体里的是什么东西?

和你相爱是什么感觉:你死后的那些日子里我祈祷时说的秘密祷词,即便我还在服丧——名副其实地服丧,我向你保证,毕竟我还没有那么可怕——

请离得远远的
请留在海底
别再回来
对不起

你让我别再叫你"父亲",因为你不是我的父亲,因为情况已经变了,但我觉得我在你死前适应得不是很好。我总是不知不觉重拾起过去的习惯。我曾经是三个之中的一个,曾有那么久。

对于我们的身体,你和母亲向我们做了那么多的隐瞒。你们让我们以为我们的身体是无能的,是虚弱的,但这根本就不是事实。你们让我们仅仅徘徊在健康的边缘,我们的骨头永远在疼,我们的牙齿在嘴里原地腐烂。我怀孕时吃的指甲形状、指甲大小的维他命药丸"会要了你妹妹们的小命。"母亲用阴暗的语调缓慢严肃地说道。她转过身的时候我读了包装盒后面的说明,和她说的恰恰相反。

"你们这几个姑娘是光彩照人的新女性。"你对我说,在我的身体开始发生变化的一年以前。这次是在晚上。房子里不再有受伤害的女人,我和妹妹们终于适应了全新的节奏。让人昏昏欲睡的和平期。你和我在露台上,膝盖上盖着毯子。一切都已经被宽恕。

爱是我周围不断升起的潮水。你用你具有杀伤力的大手指出星星的所在,解释着每一颗星星象征的意义。它们大部分都意味着"小心",或者"乖"。以及其他表达这些意思的不同说法。

"你在这个世界上是独一无二的。"你继续说道,嗓音洪亮。

"好吧,反正我也没法求证,对吧?"我说。

你向我解释我正在遭遇什么的那个晚上——你的脸还是一如往常的冷漠,但你隐隐地散发出一种能量,一种兴奋,空气感觉那么的美丽,让人那么的心旷神怡。森林庇护着我们。大海由着声音响起,由着光线散开,一切都实实在在的。我用了你某次旅行带回来的塑料棒,手上戴着沾了面粉的乳胶手套,以保护我不受那新式东西的伤害。在我自己的浴室里,黑漆漆的,其他人都在起居室,对此毫不知情。方框里的两条蓝线。

当我终于停止了哭泣,我去了莉娅的房间,等着她回来睡觉。我不想一个人待着。莉娅,月光照亮了她那奇怪的眼睛,对于之前发生了什么或者将要发生什么,她还全都一无所知。

"你会继承这所有一切,"另一个晚上,你在露台上对我说,"你属于这里。"

我们蹑手蹑脚地下楼,穿过沉睡着的房子来到厨房,你给我切了一片你平时当消夜吃的血肠,男人的食物,受禁忌的食物。我嚼了嚼,但血肠在我嘴里变成了软骨。我根本咽不下去,于是吐到了水槽里,干呕起来。你帮我揉了揉背。你握着我的手。"看到没?"你温柔地说道。

有一小段时间,就在母亲刚发现我们之间的事后,我和她经历了一段亲密期。我首先是她的女儿，此外还有一个外孙女即将到来。缓慢地到来，暂时还看不出来。我们在一起共度了许多时光，她并不总是流露着恶意。

我们坐在一起做针线活，面对面地坐在餐桌边。有时候我们互相撂狠话，她总是比我撂得更狠。我的心思不在那里，我的心思在别的地方。有时候她会皱起脸，摆出她特有的哭腔，但我一次都没有哭。

她向我讲述她童年的故事，我明白那应该是她的恳求，她的解释。都是些我并不想听的故事——和她的母亲一起吃热面包，和其他孩子社交。有男孩也有女孩，互相推搡着，摔倒在地上。那是另一个年代。我身上的变化让我勇敢起来，于是我问起她关于我生父的事情，但她拒绝告诉我。她向我隐瞒是因为她完全瞒得住。

我不想让她成为我的女伴。有时候她是我的敌人，有时候则只是我的母亲——另一种意义上的敌人。

母亲一定觉得你活着的事实于她而言是一种耻辱，一个伤疤。她给你写信——尽管她并没有任何方式寄出这些信。她不在的第一天我就发现了这些信。我直接去了她的房间，独自一人，看看我能找到些什么。看看有什么是我能扒下来，能用得上的，或者可以让我拿在手里揣摩其中的含义。枪。一管口红，霜橙色的，不是适合她的颜色。谁都不适合，我一抹上嘴唇就发现。

我以为那些信是煞费苦心的隐喻。她的悲伤让她无法理解你此时只是一具没有生命的躯壳。我的心软了下来。她的心中毕竟也曾有过爱意。

每一封信的结尾都是"不要来找姑娘们",或者某种类似的请求。我以为她是在为了我们的安全祈祷,母亲写下的这些句子是她奉献给大海的祷词。一条由你传递的口信,无论你正潜伏在哪儿,身边围绕着其他的幽灵。

"对不起,我让你离开了",另一封信中写道。但我当时并没有解读出别的含义。看到那里我便体会到了幸存者的内疚。

我第一次打你的时候,你笑了。我的指甲抠下了你脸颊上的一小块皮。但没流血。

"你跟你母亲一样,"你对我说,"恶毒。"

你说得很对,她很恶毒。她让她的指甲长长,把指甲锉尖,涂上过分鲜艳的颜色。是她在背后主导着那些更加暴虐的治疗。她是真的相信良药苦口,还是只是在悄悄地恨着我们,这点我也无从分辨。

有一阵子我觉得她可能对你下了毒,设法把你的尸体拖去了森林。她流的是鳄鱼的眼泪,是一种空洞的惺惺作态。你走后,她的眼泪蛊惑了所有人。

经历了这所有一切后,她总是对我们说着她爱我们,频繁到这句话本身也成了一种暴力,成了某种让人无法拒绝的东西。

世界的边境每一天都在向着我们逼近。我们每一天都不得不看着母亲的脸,为她的健康,为她的心祈祷,尽管我们遭遇了那所有一切，尽管她遭遇了那所有一切。

不知道怎么回事，楼下传来音乐声。我循着音乐声走去，走进了宴会厅，有人正在疯狂地弹琴。是莉娅。她隔着钢琴看了我一秒钟，然后站起来。我叫她的名字，叫了一遍、两遍。

"他们对你做了什么？"她问道。她在发抖。我低头看着自己，裙子和小臂上都是血，我发现我说不出话来。

我们在厨房找到了斯凯，她正在柜子里觅食，半个身体被挡在了柜子后面。我和莉娅把手放到她身上。我们三个像一个人一样一起上楼去了莉娅的房间。

急症在我们的四肢上发作出来。血流的搏动。我的手脚冰冷。我一定是被詹姆斯污染到了。谁知道男人们身上到底带着什么样的疾病。谁知道莉娅的骨头是怎么了，才会让她像现在这样容光焕发。我裙子上的血正在变干。在漆黑的走廊里，我的妹妹们一下子就接受了这个消息，什么都没问，连"为什么"都没。

我长得没有妹妹们那么高，和母亲一样是小个子，而你将之怪罪于我幼年时与外面的世界的接触。这也是我小时候有时会喘不上气的原因。一种胸部的挤压感，一种残留下来的悲观。随着年龄的增长，这些都得到了改善。你对你治疗的效果之佳感到满意。

现在我看到我的妹妹们动了起来。她们走在我前面，处理着这新的讯息以及新讯息对我们的意义，脚步有点踉跄。

恐惧让我咳嗽起来。我知道如果我们停止移动，恐惧就会在我们的关节里堆积，它会填满我们的肺部，我们会僵住或者死去。

到达莉娅的房间后，我看着我的妹妹们轮流跑去房间里自带的浴室呕吐，井井有条地，把一部分的恐惧排出她们的身体。手指插到喉咙口。等她们吐完，我在水槽里洗了手，血把水染成了粉红色。我的嘴边也有一小点血迹，我用湿纸巾擦掉了。

"卢会发现我做的事的。"我回到卧室时对她们说。我的妹妹们坐在床上，警惕、苍白。"我们得想想要怎么办。"

我们可以杀了他，保护自己的安全。

我们可以立刻走人，让卢发现詹姆斯的尸体，但愿那时我们已经走了很久。

我们可以手挽着手走进大海，明白一切都结束了，终于结束、永远结束了。

我们可以乞求卢的原谅，求他保护我们不受你的伤害。

我们可以让他受到重创，让他对我们忠诚。

我们可以假装那和我们毫无干系。

我们可以原谅他。

我们在列出可能的选择的时候我抓着莉娅的双手。我已经有很久没有触碰她超过一秒的时间了。她的手比我记忆中的更加消瘦，她摸上去很凉。

"他永远都不会原谅我们。"我说,尽量说得温柔。

沉默。莉娅把手伸到嘴里,咬着指甲根的外皮。当她把手放到大腿上的时候,手正流血流得厉害。她惊讶地看着自己的手,又一次跑去浴室把手放在龙头下冲洗。

"我们得杀了他。"莉娅不在房里的时候我对斯凯说。我突然感觉非常疲惫。她瞪我,但点了点头。我把我的两件武器放在我们之间的床罩上。我突然有点怕她,她这么轻易地就同意了,这点让我害怕。我害怕她的接受对我们所过的生活所揭示出来的东西。或许她只是不再是个孩子了。或许她已经充分具备了应对这个世界的能力,像你一直以来所计划的那样。

莉娅走出浴室的时候,我们张开手臂抱住她。

"不行,"她对我们说,"不行,不行,不行。"她试着把我们推开。"我们不能这么做。"

"这是唯一的办法。"我对她说。

"我爱他。"她徒劳地说道。

"没有你我们做不到。"我说。

我从窗口看到过莉娅和男人们在一起,那天我第一次意识到她和卢之间有事情在发生。她躺在他们中间,几乎没穿什么衣服,他们脚边的游泳池里,水正闪着危险的光。他们由着有毒的话从他们的嘴中脱口而出,对这些话可能对她造成的影响毫不在乎。那时我想过,妹妹,你就不能自觉一点吗?至少得坐到遮阳伞下吧。她就不能把身体浸到水里去吗？就不能和他们保持点距离吗？他们在一起的画面让我的手颤抖起来。她太不小心了，那简直不可原谅。

涉及到我妹妹的事情时，我总是看着、等着。她们和我有一半的血缘。即便在我获悉这个消息之前，我有时候也感觉自己更加亲近那些受伤害的女人，而不是我自己的家人。我的双脚曾经行走在她们的土地上。我担心我已经无药可救了。我担心要不了多久我就会再也承受不住这生命的重量。

我想象着莉娅和卢站在树丛间，面对着面，或者躺在任何他们能找到的地方。我觉得嫉妒，不是因为他，而是因为被看见的感觉，被知道的感觉。于是我闭上了眼睛，把自己想象成她，如此获得了片刻的满足。我带着一种近似于愧疚的感觉，试着触发我们的心灵之间那沉睡着的连接感。

拇指按着颧骨，手掌盖着耳朵。鸟、蝉，它们战战兢兢的鸣唱。大海在远处轻轻地拍打，让人窒息的炎热。卢很安静。他明白如果他要让她冒生命的危险，就势必要进行引诱，明白光必须恰好落到对的地方。心必须甘愿。心必须背叛。

但在某种程度上，我们都是叛徒。有一次卢坐在我旁边，房间里没有别人，他把一只手放到了我的膝盖上。我立刻把他的手挪开了，但他又换了只手。那并不有趣。我再一次把他的手挪开，狠狠地抓伤了他。他震惊了。他眯起的眼睛告诉我他不是一个习惯失败的人。

从那之后，我开始跟斯凯走得比往常更近，我对她的关注让她有点受宠若惊。我觉得我曾经看到过他打量她，短暂地考虑过她——用那从头看到脚的眼神。那对我就足够了。

但当我叮嘱她不要和他单独待在一起时,她似乎被这个想法吓到了。莉娅是唯一一个不害怕的人。或者更准确地说,是匮乏让她变得勇敢、变得绝望,而我终于也理解了这种感觉。

我看得出是怎么回事。除了观察,除了在我的妹妹们在我身边逐渐改变时看着她们,我还能做些什么呢?卢总是在莉娅周围晃悠,在昏暗的夜色中追寻着她的踪迹,在我们拉伸的时候在窗口看着。那种本能的反应从他一来就开始了。那是不可避免也无法阻止的。

然后是倦怠。我能感觉到随着天气越来越热,他身上散发出来的那种倦怠;当他躺在泳池边,他身体的粗野中透露出来的那种倦怠。他疏远了她。他不再盯着她看了。莉娅让他失望了。她就和别的所有女人一样,过分渴望,心肠太软。她心中那个悲伤的结在哀求着别人把它解开。

失去兴趣,那并不是犯罪。或许甚至连他自己都没有意识到他行为中那特有的残酷。

女人们的愤怒似乎是一种外在于她们的力量,那是一种从她们的内心深处涌出的愤怒。没有这种愤怒,她们就无法存活。我个人一直都对之持着欢迎的态度。那些迸发力量的时刻,我腹部的灼烧感。

愤怒起来,我曾经想告诉莉娅。她恍恍惚惚地在房子周围转悠,好像正置身水下似的。我太熟悉那种感觉了。她看不到我其实是在试图保护她。她看不到卢其实跟完美一点边都不沾，看不到他的狡猾眼神和投机取巧。她的独特让她值得拥有超出平凡的东西，但就连我——一个什么都不懂的人——也知道他很平凡，知道他应该在她面前颤抖。不要感激！愤怒起来！强势起来！我知道她能做到。看到我妹妹那样，那软弱的样子简直让他对她感到倍加浅薄，但其实在很多方面她都是我们三个之中最强的。

我依然记得那次爱的治疗，你们命令我用手掌端着一支正在燃烧的蜡烛，坚持得越久越好。但蜡熔化的味道让我非常害怕。我并不习惯感到或者表现出害怕。我记得你和母亲在我哭着、发着抖的时候看着彼此，仿佛把什么东西隔绝在了外面。

是莉娅接过了蜡烛。那一年，她是我的最爱，我也是她的最爱。我们的铁块结成了同盟。双倍的爱。双倍的幸运。她只犹豫了一小会儿，就把另一只手也靠向了火焰。当火舌舔舐着她的皮肤，风把沙子扬到我们的光脚上时，我们都看着她。一千零一，一千零二，一千零三。

之后的一个月里，她的手心里一直有个烧焦的小洞。黄色的脓水从洞口流出来，母亲每天用消毒液清洗两次。莉娅连一次也没哭过。

我欠我的妹妹许多许多。

只有我和莉娅下了楼，我们去找卢。我们坚持让斯凯留在原地。我觉得手中的枪很沉。没有他的动静，也不见他的踪迹。他可能已经躲了起来，可能已经感觉到了气氛的变化。

莉娅在我旁边发抖,这对她根本不可能容易。

在饭厅里,我把枪放到一张铺着白桌布的桌子上,活动了一下手。我们走到一扇扇门前,在水上和海滩上搜寻着他的身影。厨房、接待处、饭厅、宴会厅之间,通进这座房子的门实在数不胜数,就算斯凯在这儿我们也看不过来。思考,我对自己说,思考。

"他可能在游泳池里。"莉娅提出。

"错了。"我们听到一个男人的声音在我们身后响起。我们转过身,果不其然地发现是卢站在那儿,他的手里举着枪,眼睛看着我们。

或许他确实在她面前颤抖过,私下里,在没有人看到,不需要向任何人假装的时候。我无权评判别人的爱。我自己也犯过许多的错。

我想象他在她房里度过的那些悠长的下午。我妹妹那一点都不好看的灿烂的笑容。我想知道我是否能想象出她身上遭遇的伤害,只有在这时我才想象了他们在一起的样子。我试着回忆卢后来走来走去的模样,他走路的样子像不像一个恋爱中的人。因为你确实是像的。你的脚步变得迟缓,你的眼皮耷拉了下来,你开始健忘起来。我便是在那时意识到我们有了麻烦,我做梦都不会想到的大麻烦。

"你们要解释下你们为什么拿着这个到处晃吗?"卢问道。他在微笑。他还真他妈的是个人物。

"安全起见。"我说。我看着他的眼睛。我想当着他的面往地上吐口水。

"好吧，"他说，"詹姆斯呢？我哪儿都找不着他。"

我们没出声。

"詹姆斯呢，姑娘们？"他又问了一遍，声音更大了，笑容也收了回去。我讨厌他——我讨厌男人，讨厌他们对我们的浅薄理解，讨厌我即便现在也在退缩。

我和莉娅互相靠近了一点。我希望我们都能有两个身体，这样我们就能撂倒他。他也向我们迈近了一步，然后又是一步。他握着枪的手很熟练、很稳当，那种稳当让我第一次感受到了他的魅力，莉娅的所作所为并不能完全怪她。

男人一贯挂在嘴边的话，放诸四海而皆准：这不是我的错！

还有：我没有任何责任。

以及：我从来没那么说过，你不能把我的行为等同于我说的话。

是斯凯救了我们。救我们的始终是一个女人，我们现在知道了。男人们的保护只会是靠不住的、自私的。她最后还是跟来了，她看到了卢要做什么，于是她高高地举起了花瓶。直到他倒下我们才看到她。

那些画面仿佛是一闪而过的光一般。那快速的移动。他的脸松弛了下来，花瓶砰地一声落到地上，摔碎了，但没有摔得粉碎。看到他倒在地上——他的归宿之地，那感觉真好。我们呼吸，让自己恢复过来。我们没去想那差点就要发生的事情。斯凯在厨房里找到了麻绳，我们把他绑起来，脚踝绑着脚踝，手腕绑着手腕。我们把他拖出房子，拖到岸上，他仍然昏迷着。他的衣服里、头发里都进了沙子。有什么东西正在我们心中慢慢升起，我觉得很高兴。我想停下一会儿，让自己深深地沉浸在里面。

我们此处执行的是我们学到的救生程序。一种顺从，一种善意。一种对暴力时期中女性总是处境更糟的一方的承认。

"如果男人们来到你们身边，你们要对自己仁慈一点，"你说，"不要待着不动，不要等着他们来帮你们摆脱痛苦。"

但现在卢在这里，无力地躺在沙滩上。我们已经知道我们的父母是不可靠的。我们已经走到了那么远，我可不想用刀割破我自己的喉咙。

那就需要一种新的救生程序，一种属于我们自己的仪式。压制住他的身体，压制住他身体中的力量。重新夺回我们的海岸。突然之间，事情在我眼前变得异常清晰。

他睁开了眼睛，他看向我，但虽然我也看向了他，我并没有对他说话。

我反而半转向莉娅，眼睛仍然盯着脚边的那个男人。"去把盐拿来。"

尽管发生了这所有一切，我并不会做出不同的选择，这是爱教给我的最令人惊讶的事。我还是不会对你说"不"。我不会拒绝天色微亮的清晨、氧气的味道和打进窗户的雨。我不会放弃我和宝宝单独相处的日子。宝宝踢着我的肚子。他说"活下去",比我所知道的任何东西都更有说服力。

突如其来的爱,可能引起不适,当一个习惯了得不到爱的人得到这样的礼物。你可能会猛地抓住它,它可能让你贬低自己。你需要慢慢地习惯,一点一点地来。我很怀疑莉娅有没有这样做。

我们一边等着,我一边瞪着卢,他在沙子里扭动着身体。我希望他能读懂我的心思。我的心思在说:卢,我认识过你这样的人。我知道你不把我们当回事。我知道你来自一个我们可能都无法存活的世界。我知道你是一个想要杀死女人的男人,因为男人无一例外都是这样,就连那些声称爱我们的男人也不例外。但在这里,你的身体救不了你。你不再是在你自己的领地,这里属于我们。将永远属于我们。

我们姐妹一直都各有自己残酷的一面,但我相信我们的残酷是可取的。是我们的残酷让我们活了下来,帮助我们把事情做对。把它看成是一种道德上的误差范围,这样想很有帮助。

我们把盐扔到他身上,一把接着一把,而他几乎没什么反应,只是随着我们的动作眨着眼睛。他一动都不敢动,他感到困惑不解。然后我们走上前去,开始踢他。我们终于伤害到了他，伤害到了他那与我们不共戴天的结实的身体，那感觉真好。但没过多久，我就把枪递给了我的妹妹。

"必须由你来做。"我对莉娅说。

她接过武器，惊恐地看着它。卢看着她，呼吸急促。

"你会重新回到我们中间。"我告诉她。是有点卑鄙，但也是事实。

这是我会要求她做的最后一桩爱的举动。我知道如果她做不了，我们就永远失去了她。

卢最后的那桩罪行是不可饶恕的，我想知道他自己是不是也感觉到了。以为杀了他便能改变他，我这样想实在是菩萨心肠。我想象着他在死后睁开眼睛，像从未见过我们一样看着我们的样子。

或许是内疚让他开始疏远。一波又一波的内疚感，让他在清晨时分惊醒，想起他曾经的所作所为。

我猜我们的家开始对他变得太过真实。不再只是一段逃避生活的假期。不再只是泳池、海岸、盐，和下午的房间里我那肤色晒得黝黑的单纯的妹妹。这只是一栋正在分崩离析的房子，不是天堂。天花板上都是水渍，架子上和角落里积满了灰尘。三个迷失的女人在房子里到处晃悠——曾经是四个。那样做并不是权力，并不有趣。从来都不曾有趣。

莉娅在颤抖。她瞪着他，她的眼睛瞪得老大，仿佛如果她看得足够仔细，或许就能在他身上看出一点别的什么东西。有些东西本来可能成为那个真正的你的归宿，要远离那些是困难的，我懂。

我现在又想起了那时。我们第一次看到这些男人的时候。他们三个在沙滩上，打开了我们的世界。他们的皮肤上黏着泥土。陌生之外还是陌生。他们对着亮光、对着我们的脸眯起眼睛。事情有可能发展成别的样子吗？不可能，我想到，看着他们一起待在沙滩上。那儿，他在她面前畏缩的样子。只有一种可能。不是我们就是他们。

我们在自己身上感觉到了母亲的缺席，就在沙滩上。她的死带来的剧烈冲击突然变得病态起来，将我们自己被杀的可能性变成了一种解脱。卢掐着她的脖子的手也是你的手，是所有男人的手。

掉下楼的那个女人并不是第一个死去的女人。我不知道我的妹妹们是不是记得那个没再从浴盆中抬起头的女人。母亲的手摁在她的脖子后面，等她放手的时候已经来不及了，那狂躁又微弱的动作渐渐平息下来，那些受伤害的女人一个接一个从椅子里站起身来。那不是母亲的错，你一恢复对房间的控制就向所有人解释道。那个女人没有做好接受治疗的准备，事实证明她的身体不适合进行治疗，那是她自己的错。

我们被告知我们自己永远都不用进行水疗，我们的身体不需要。很久之后我才意识到，那也意味着我们将永远不会离开。

在治疗开始很久之前，你来整理了我们的书。我和莉娅靠着这些书——容易理解的爱情小说、幽默读物、文字大段大段的稍厚一点的书——学会了阅读。莉娅读得也太快了，过于乐在其中。我妹妹的思维非常敏捷，她的伶牙俐齿会让你发憷。你只留下了一些烹饪书，它们排列在书架上，书上的图片看上去栩栩如生。多亏了你的干预，斯凯从来就没真正地学会阅读。同时，为了巩固记忆，我和莉娅互相教着彼此"马赛鱼汤""真空低温烹调法""捆禽法"这些词汇。在没有红肉的情况下，我们的喉咙咽下的是词语。我们吃许多花生酱、罐装的焦糖牛奶酱，热量高又无可指摘的食物。

然后你又来整理了我们的头发。每当换季的时候，母亲会让我们在宴会厅里排成一排，把我们的头发剪到刚过肩膀一点，并帮我们修剪发梢。我的头发最厚，下面的头发打着卷，但上面的没有。那些受伤害的女人们一直在偷我们的头发，在我们的垃圾桶里翻找。她们这么做是为了保护自己，但你制止了那所有一切。我们不能剪头发，也不能把头发送给任何人。我们的头发长到了齐腰长，乱糟糟地缠在一起，这样过了大概好几个月。我醒来的时候总觉得有东西钻进了我的喉咙——一只手或者一条蛇，要杀死我。

最后你终于来整理了我们的心，它们已经开始在我们的身体里震颤，像闪烁着的红色光芒。它们让你惊慌。你知道那是向外发送的信号，你知道那会要了我们的命。

我会一连好几个小时地趴着，等待着我的感觉烤焦我身下的大地。你认为我们需要更极端的治疗，我们的爱需要更严格的丈量。

于是我们把爱分成小份，只用点到为止的行动来表达。吻一下脸颊的代价是**这么**大，把手放在后腰上、慢悠悠的一瞥、微笑，这些几乎让我负担不起。我觉得厌倦，心怀恨意。如果我能回到过去，我愿意献出这所有一切。我会拼命地触碰我的妹妹，触碰到她的四肢都变得淤青。

格威尔死前不久，我去了母亲的房间，我看到有人拿下了铁块。我唯一的感觉是解脱。终于，终于再也没有东西将我和你绑在一起。甚至血缘也不能，反正我本来就不用面对、本来就不用承认血缘，我可以干脆把我身体里所有讨厌的东西都推给它。

*

"你能告诉我你为什么不爱我吗？"莉娅问他，说得很轻。
"我爱你，"他说，眼睛湿润着，"我爱你。"
"不，你不爱，"她说，"但我想知道为什么。"
"别这样。"他说。
她停顿了一下。"你真的伤到了我们。"她说。

我的心死了许多次，既严重又无足轻重，对此我感到如此厌倦。

虽然这并非我的本意,但有关你的记忆仍然困扰着我——那些微微的柔情。你的双手握着我的双手。一件又一件毫无意义的礼物。一只发圈,一个巴掌大的瓷天鹅,融化在嘴里的白巧克力。各种遗物。

第一次,在书房昏暗的光线里。没有人会进来。摆在角落的小床,你在工作繁忙时独自睡觉的地方。我喝了很烈的白葡萄酒,醉了,还觉得紧张。你也是。过了很久。你和我注视和言语,你在角落,在门口。

这只会带来伤害,我后来想,在我的浴室的镜子里看着自己的脸。这种欢欣让人感觉危险。我的肚子、我的胸腔里轻轻掠过一阵欢快的涟漪,让我的手剧烈地哆嗦起来,我甚至都没法梳头,没法履行母亲教我们每晚要梳一百下头的惯例。我不得不坐到地板上,接着又不得不躺到冰冷的地砖上,脸朝上躺着,仿佛爱是地心引力般的力量,一种让我贴近地面、在地面匍匐的东西。我会狠狠地伤到自己的。

在最后的这段日子里,我在莉娅的抽屉后面找到一条染血的睡裙,不论看上去还是闻起来,都像是从地底下挖出来的罪恶之物。一开始我不明白她为什么要藏在那儿,接着我想起她最近苍白得厉害,想起她眼睛周围的黑眼圈。我带着深深的悲伤想到,不是你,但并不感到吃惊,我早就知道这总有一天会发生。

或许那些男人是从很远的地方被她吸引过来的。或许是她本人的身体给了他们信号，指引着他们来到岸上，一小片悬浮在我们家上空的朦胧的光。而他们抬起了头，欢快地向着天空叫喊，还没见到我们的脸就想象过我们——姑娘们——在他们的手中手足无措。

莉娅把她的脸凑近卢的脸，但我吃不准她是在祈祷还是在说话。我已经不能再看着她，不能再看着他们。泪水打湿了我的脸，让人猝不及防。

我觉得我们应该离开，躺很久很久，在一个能闻到蕨类植物、有平静的水域的地方。我已经看到了那儿，那某个地方，山高水远。

我希望，万一你碰巧知道了这些，你会体会到最最苦涩的滋味。我的妹妹们仍然是你的。我们一直以来都是你想让我们成为的样子，于是我们的幸存便是对你不言而喻的认可，无论我们可能对此有多痛恨。但我们的生活是属于我们的。

我拉住斯凯的手，我们转过头，向着房子走去，我们在海滩边缘停下。我们坐在潮湿的沙地上看着，海浪一个接一个地涌到我们的脚边。地平线上，扁平的光线落到了云的后面。

我们在等待枪声，很快就等到了。然后又是一声。炎热让声音变得更响了。又一下。我们的心。斯凯用手捂住耳朵。

我从头听到了尾。

我还是想知道你的用意。莉娅和卢有过的那个瞬间——我转过头前的那一秒,看到他对她耳语着什么,最后的遗言——我希望我们之间也能拥有。不过女人不是一直以来都是那样的吗,想要把每一个字、每一种情绪都反复地绞碎,直到意义全部散尽。想要过度地处理,想要绝对地确定。

*

但请不要跟着我们,不要找我们。不要掘开灌木丛和浅滩,用你的脚步声把鸟和蛇的家弄得鸡飞狗跳。不要把你的耳朵贴向地面,不要发出讯息。

我们的房子会倒,我们梳子上的头发会化为灰尘,我们的衣服上会长出霉斑。唯一能证明我们存在的东西是你拍的那些照片,是你的笔记中突然有我们闪现的那些段落,将我们称为现实中不可能存在的女人,被发明出来的存在。但这些,也同样长久不了。

我们不会留下什么痕迹,我以前曾经为此烦恼,但现在,这让我比什么都开心。我会在空荡荡的早晨醒来,身边没有你的存在,然后我会想,开心,开心,开心,这个词会像铃声般回荡在空气里。

莉娅也来了,在我们身边坐下。她身上也沾到了血,但只有一点点。

"不要回头看他。"她对我们说，于是我们没有。预防措施，防止更进一步的伤害。太少，也太晚。我的眼睛仍然望着天空。没有鸟在歌唱。空气好得完美，总算是盼到了。我的指甲里有点血，我必须得处理一下。

格蕾丝，莉娅，斯凯

曾经有一位父亲，他以为他能保护我们，但对于这个世界所需要的所有一切，这位父亲并不能不受影响。我们明白承认危险就在我们自己身上，承认那个安全的地方打从一开始就受到了污染，会很困难，会很痛苦。

我们在格蕾丝的浴室里洗掉了身上的最后一点血——我们三个一起泡着澡，发着抖，手捧着水泼向四肢和头发，然后穿上了莉娅的衣服。衣服都挺合身，都是白色的，因为白色可以反光。我们想要把金的西装撕成碎片，做成让我们穿过边境的护身符。但最后，曾经属于男人的东西，我们一件都不想要。不过我们又有了别的主意。

我们没有用治疗用的浴盆或者宴会厅，而是又回到格蕾丝的浴室里，把浴缸几乎放满水，三双手里都拿着盐，手缓慢地画着圈，把盐撒到水面上。盐沉到了水底，打着圈慢慢溶解在水里。我们有史以来第一次相互进行了水疗，唯一的一次，学着我们以前看到过的样子。我们用我们唯一知道的方式准备了后续的步骤。

先是斯凯。她主动在浴缸边跪下。她从来没有练习过，但我们做了在这种情况下我们必须做的事情。我们互相之间都很温柔。我们由着她起来，在水面上喘着气，没有太强迫她。

接下去是格蕾丝。两只手按在她脖子部位那海鸟般的曲线上，莉娅的右手和斯凯的左手。我们把她按在水下的时间要稍久一点。她任凭我们按住，没有动。当她从水里抬起头的时候她觉得有一点儿头晕。她向我们坦陈。我们讨论了一下，认为这是个好兆头。

莉娅是最后一个。我们把她按在水下的时间最久。她在游泳池里度过的那些时光让她得到了充分的训练。这个仪式把我们凝聚在一起，我们的血步调一致地流淌着。我们从来都不曾想要感觉莉娅的痛苦，但此刻把她按在水下，关于她的痛苦的回忆在我们的嘴里和眼睛里涌现出来，盐带来的刺痛，我们抛弃了那样的自私。当莉娅起来的时候，她在微笑。"还算好，"她对我们说道，"没有我想象的那么难。"

"再见了，这所有一切。"我们从一个房间走到另一个房间，一边大声地告着别。我们的家最终还是没能让我们不受伤害，但它教会了我们爱。

在岸上，我们望向大海。再见了，幽灵们。并没有幽灵在游向我们。再见了，为了反射效果刷在房子上的白色涂料，因为它辜负了我们。

我们的眼睛避开了卢,他仍然躺在我们抛下他的地方。如果有谁来到了这片海岸,他便是我们留给他们的讯息。这条讯息是"这不是你们该来的地方"。这条讯息是"去你妈的"。我们希望他们会看到他,然后互相转告那些发现了自救之道的危险的女人们的存在。

出类拔萃的新女性。爱让我们从头到脚焕发着光彩。我们的身体上铭刻着这些印记,我们不能放下所有那些。我们也不会想要那么做,尽管我们已经被那样改变。在我们生命的核心,爱依然在持续散发着光芒。

在靠近海的边境的地方,我们视线的尽头,有船正在驶来。白色的大船。我们头顶上方的空气里,我们察觉到了变化。是时候离开了。

我们穿过花园,走过被花压弯了的灌木,走过荆棘和长得过分茂盛的绿植。等我们到达森林,开始有深色的大树枝为我们遮挡着太阳,我们的头上有奇怪的鸟儿在飞翔。它们飞得很低。莉娅抬头看着它们。

"我以前见过这些鸟,"她说,"但从来没有这么近距离地看到过。"

继续走,我们对自己说,继续走。

我们抛下了我们的衣服、我们的武器、我们珍爱的东西。我们甚至都没有带水壶装水。所有的物品都被抛在了身后,我们欢呼雀跃。

或许已经没有安全的地方了。或许我们可以用我们的愤怒和我们的爱创造一个新的庇护所,或许已经有别的女人在那儿,正在奋斗着。我们要去和她们相见。她们会认出我们,不再是孩子的我们,向我们伸出双臂。她们会说,你们怎么才来?

走啊走啊,我们双脚疲惫。那些鸟叫得更响了,仿佛它们正在向下俯冲,仿佛它们正在盘旋。但我们已经走到了森林深处,已经距离边境很近。

我们提防着蛇。我们提防着动物。有小虫或者蚊子在我们周围成群结队,而我们几乎没有注意到。天上的声音里又多出一个新的声音,一种不同种类的鸟在不停地低鸣,但不知道为什么,我们还是没有害怕。

在边境,铁丝上的倒刺已经生了锈,我们用树枝把铁丝压低,直到我们能够跨过去。我们花了一点时间,但我们扫清了障碍。我们在土地的另一头驻足了片刻,呼吸着新的空气。远处某个地方传来了人声,但似乎还离得非常遥远。我们回过头向房子看去,但已经看不见了。我们的视野之内只有森林,那些沁凉的树叶,那些树枝。

没什么事。我们没事。我们跳到一段倒下的树干上,我们张开手臂拥抱着彼此。不知不觉中,触摸变得再度容易了起来。我们的手不管哪里都碰。

还有很长的路要走,于是我们没有停留很久。我们用手推开树枝,每推开一根我们都要再迈出一步,即便那些鸟和那些人的声音越来越响,即便我们越走越远,即便树叶完全挡住了阳光,而那本身就是一个奇迹。我们三个,一步一步地走着。我们自己的世界就在某个更遥远的地方,如果我们走得够远的话。我们向着那个世界走去,无所畏惧。

致 谢

这本书的出世得到了许多杰出的人的帮助。首先要向我的代理商和朋友哈里特·摩尔（Harriet Moore）表达深深的谢意，我非常感激你对我的支持和信任。谢谢我的编辑赫尔迈厄尼（Hermione）、马戈（Margo）和黛博拉（Deborah），我喜欢和我们气氛热烈的国际女巫集会一起工作。还要向汉娜（Hannah）、西蒙（Simon）、格兰妮（Grainne）及英国和加拿大哈米什·汉密尔顿出版社（Hamish Hamilton UK/Canada）、道布尔戴出版社（Doubleday）以及大卫·海厄姆联合图书代理公司（David Higham Associates）的大家表达深深的谢意。我的书的背后有一支好得不能再好的团队。

我还要特别感谢《白色评论》（*White Review*）杂志的大家和《造型师》（*Stylist*）杂志以及维拉戈（Virago）短篇小说大赛背后的团队给予我的支持，能在赫斯特（The Hurst）安静的环境里完成我的小说的编辑工作实在是太棒了。我还要感谢我在VSU团队（Team VSU）的前同事们，你们一直以来都对我的工作非常关心，一直都在鼓励我。

有许多了不起的女性给了我勇气和动力来写这本书，我想特别感谢劳伦·玛丽·史密斯（Lauren Marie Smith）以及克丽丝塔·威廉姆斯（Krista Williams）和索菲·托马斯（Sophie Thomas）这对充满活力的姐妹花，谢谢你们总是雪中送炭的指导、友谊和酒。

还要对我的父母说一声特殊的谢谢，谢谢你们这些年来对我的爱和信任。谢谢安妮斯和贝弗利，这本书献给你们。最后还要谢谢克里斯多夫（Christopher），谢谢你所做的一切。